アミの会(仮)

大崎 梢　加納朋子　今野 敏

永嶋恵美　法月綸太郎　松尾由美

光原百合　矢崎存美

惑 まどう

実業之日本社

実業之日本社文庫

目次

惑

まどう

かもしれない

大崎　梢

大崎梢（おおさき・こずえ）
東京都生れ。２００６年『配達あかずきん』でデビュー。著書に、『ふたつめの庭』『忘れ物が届きます』『空色の小鳥』『スクープのたまご』『よっつ屋根の下』『本バスめぐりん。』『めぐりんと私。』『バスクル新宿』などがある。

リビングの床に敷かれたラグに腰を下ろし、昌幸は絵本を開いていた。五歳になる娘の琴美にせがまれてのことだ。今のところ昌幸の足の間に座り込み、おとなしく絵本に見入っている。上の子は小学一年生の男の子で啓輔という。妻の瑠璃子に連れられ、昼前には出かけていった。同じマンションに住む友だちに誘われ、デパートの屋上で行われる戦隊もののヒーローショーだそうだ。琴美は悪役の派手な演出に大泣きしたことがあり、今日はしぶしぶお留守番。

日曜の午後、南西向きのリビングには窓から日差しが注ぎ、十月の末でも暖かい。居眠りしたくなるようなのどかさだ。昼食にと用意されていたマカロニグラタンがいい具合にお腹に収まっている。

「パパ、これはもうおしまい。終わっちゃったよ。今度はあれ」

森の中で動物たちがお店を開くというメルヘンな絵本はぱたんと閉じられ、琴美は前屈みになる。つんのめりそうになったので、昌幸は「はいはい」と手を伸ばした。

次の本と交換する。琴美はわざわざ座り直し、小さな口元に満足げな笑みを浮かべた。それもそのはず。いい子にする約束で、数日前に買ってもらったばかりの本なのだ。

『りんごかもしれない』ヨシタケシンスケ　ブロンズ新社

あら知らないの？　有名な絵本よ。うちの子たちも大好き。本屋さんに行けばいっぱいあるじゃない。見てないの？

さもあきれたように瑠璃子に言われ、昌幸はムッとしてそっぽを向いた。知らなくて悪かったなと、心の中で毒づく。家族で本屋に行くのは休日の昼間、児童書コーナーはいつも喧噪に包まれている。甲高い声でしゃべり続ける子、泣き出す子、通路をぐるぐる走りまわる子、それらにかぶさる親たちの声もけたたましい。絵本から発せられる童謡は不気味に明るく、パトカーのサイレンもどきが鳴り響き、鈴やラッパの音まで聞こえてくる。

　そんな中でも精一杯、子どもの面倒は見ているつもりだ。幸いにして啓輔は走りまわったりせず、ひととおり売場をうろちょろしたあとは電車の本に釘付けとなる。琴美はお姫さまの本。ふたりがねだるのも毎回そのあたりで、あとは瑠璃子が選んだ定番絵本が村上家の蔵書に加わる。

でも今回のはいささか毛色が変わっていた。すでに昨日、読まされているので内容はわかっている。

主人公の男の子が学校から家に帰ってくる。テーブルの上に、ぽつんとひとつ置かれたりんごに気づく。ヘタの付いた、ごくふつうの赤いりんごだ。けれど男の子は「もしかしたら、これはりんごじゃないのかもしれない」と考える。それが発端となり、めくるめく発想力が発揮され、ひょっとしたら中身はメカかもしれない、ひょっとしたら何かのたまごかもしれない、ひょっとしたら——と、延々続く。たったひとつの「もしかしたら」が、絵本一冊を丸ごと埋め尽くすのだ。

絵柄はとてもシンプルで、手描きと思われる線に味わいがある。スケッチブックにサインペンを走らせたような親しみやすさだ。これがまた、半ズボン姿の男の子の発想にマッチしている。ページをめくればめくるほどりんごは突飛な姿に変貌(へんぼう)し、想像力が現実を突き破るのだけれど、素朴なタッチは変わることなく、男の子のキャラクターから離れない。最初から最後まで、ユーモラスなぬくもりに包まれている。おかげで安心して意外性が楽しめる。

昨日からさんざん読み返している琴美も、たちまち愉快そうに顔をほころばせ、明るい声で話しかけてくる。

「ねえ、パパ。この本、パパもおもしろい？」

「うん。ふつうのりんごから、よくこれだけ思いつくね」

「思いつく?」

「えーっと、考えてるうちにアイディアがひらめくってことだな。最初に決めつけず、『待てよ』と思い直すところから、すべてが始まる」

「パパも考える? ひらめある?」

ひらめきだよと笑いながら、昌幸は心の中で「待てよ」とつぶやいた。ゆっくり顔を上げる。日差しを受けて白く光るカーテンへと視線を動かし、眩しくて目を閉じた。瞼の裏に二年前の出来事がよぎった。

あのときも「待てよ」と立ち止まっていれば、ちがう風景が見えただろうか。

同期入社である管野茂喜の顔がありありと浮かんだ。小柄で小太りの男だ。よっぽど気をつけなくてはメタボまっしぐらだと、一重まぶたの目を細め、くったくなく笑っていた。酒の席では気の置けない連中に丸い腹を突かれ、まだまだかわいいもんだろと胸を張るくらいに陽気な男でもあった。

その管野が二年前、信じられないヘマをしでかした。会社のパソコンに届いた自分宛のメールと、そこに添付されていたファイルを、まったくもって不用意に開いてしまったのだ。ファイルにはタチの悪いウイルスが仕込まれていた。彼になりすました汚染メールが社内にばらまかれ、複数の部署でパソコンが感染し、結果として顧客データも流出した。

昌幸と管野が勤務しているのは中堅の不動産会社だ。創業は昭和三十年に遡る。もとは建築資材を扱う会社だったが、昭和五十年代にマンションの建設と分譲も手がけるようになり、不動産仲介業、マンション管理、リフォームなど、住居に関する事業を展開している。

昌幸は四年制大学を卒業後に新卒採用され、今年で二十年目。入社直後は管理部門である経理部にいたが、三十歳になる前、今いる資材部に移った。管野も同じく新卒採用で、こちらは分譲マンション販売のキャリアが長い。二年前の当時は千葉市郊外に建設された七十二戸を精力的に売りさばいていた。肩書きは課長で、販売部部長のポストも近いと噂（うわさ）されていた。

皮肉なことに、会社の柱となる部署の、今風に言えばプロジェクトリーダーの立場にいたからこそ、二年前のポカは大きな失点となった。ウイルスメールについて被害が取りざたされ、口やかましく注意喚起が促されていた最中に、あろうことか厳しく目を光らせるべき側の人間がしでかしたミスだったからだ。

顧客データの流出も痛かった。始末書だけではすまず、重役に伴われ方々に謝罪してまわり、最終的に減俸処分というペナルティを科せられた。

昌幸は初めて耳にしたときから腹を立て、状況を聞くにつれ口惜しくてたまらなくなった。何やってるんだと、何度口にしたか。何故そんな初歩的なミスをしでかした。どうしてもっと気をつけなかった。馬鹿にもほどがある。本人のいないところでも言ったし、電話口で本人にも直接ぶつけた。

ほんとうならその後どこかで怒りは鎮まったはずだ。何より一番ダメージを受けたのは管野自身。花形部署のリーダー役なのだから、重役陣の覚えはめでたかった。社長にも気に入られ、目を掛けられていたと聞く。せっかく出世街道を突き進んでいたのに、それがそっくり暗転する。評価は急落し、信用も失う。じっさい社長を筆頭に重役連中はこぞって激怒したそうだ。となれば部長への昇進どころではない。課長の椅子さえあやしくなる。

本人の気落ちは大変なものだろう。へこみまくっているにちがいない。こちらの憤慨をぶつけている場合ではなく、慰めたり励ましたりするのが同期としての務めだ。昌幸もそう思い直し、あらためて本人を呼び出してみたところ、あろうことか管野はへらへらしていた。いやー、まいったまいったと頭を叩く。やっちゃったよな、おれもほんと馬鹿、そう深刻な顔をするなって。おまえにも心配かけたな、ごめんごめん。

あきれて、ポカンとしてしまった。昔から細かいことにこだわらない大ざっぱな男で、気持ちの切り替えが早く、くよくよ悩むタイプではなかったが、これはさすがに応えて当然の出来事だろう。なのに、バナナの皮に滑って転んで腰を打ったくらいの緩さだ。

昌幸は心置きなく「しっかりしろ」とどやしつけた。もう少しで襟首をねじり上げ、笑うなと力任せに揺さぶるところだった。情けなさが勝り、手も足も出なかったのが後々まで悔やまれた。頭突きのお見舞いくらい、してやればよかった。

でも。今にして思う。

あそこで「待てよ」とつぶやいていたら、どうなっただろう。

絵本の中で、半ズボンの男の子はりんごを見て、りんごじゃないかもしれないと思う。同じように、二年前の管野のミスは、ただの凡ミスではなかったのかもしれないとしたら。

そのまま昌幸はぼんやりしてしまい、娘が絵本をめくっている音にハッとした。次のページは見開き一面におかしなりんごがひしめいている。

思うだけではダメだ。男の子に倣(なら)い、頭を柔らかくしてありとあらゆる可能性をひねり出さなくては。たとえば、あれは巧妙に仕組まれた罠(わな)だった、というのはどうだろう。出世頭だった管野を妬(ねた)み、何者かが足を引っぱろうと企(たくら)んでいたとしたら。

真っ先に浮かぶのは、二年前にも似たようなことを考えたからだ。会社という組織の中には妬みや嫉(そね)みが常に渦巻いている。誰かの幸運は誰かのひがみを生む。出る杭(くい)は打たれるという諺(ことわざ)はけっして廃(すた)れない。管野が順調に積み上げている功績を快く思わない人間は社内にもいるだろう。そういう人間に心当たりがないわけでもない。入社年次で言えばふたつ上の先輩が管野と同じ販売部門にいて、まだ課長になれず、要するに管野に追い抜かれている。裏で何かと陰口を叩いていたのを昌幸は知っている。

もしも標的にされて悪意のあるメールが届いたとしたら、管野もそれに気づいただろうか。ハメられたと悟れば、彼にしても必死に犯人を探すはずだ。見当はついたのか。わかったからこそ、へらへらしていたのか。でも、管野に犯人探しをした様子はなく、暴いていない。つゆほども噂を聞かないので、おそらく。たぶん。犯人が誰なのかわかっていても管野が口をつぐんだとしたら、さらなる複雑な裏事情がありそうだ。

息苦しくなり深呼吸をしてみる。

「パパ、どうしたの?」

「ううん。なんでもないよ」

もっと別のことを考えてみよう。たとえばうっかり添付ファイルを開けたのではなく、怪しいとわかっていて開いたとしたら。その場合の理由は何か。承知の上というのなら、ウイルスに感染したかったのではないか。感染して自分のパソコンを台無しにしたかった。あるいは誰かのパソコンをぶっ潰したかった。あるいは騒動を起こすことにより、社長以下重役連中に嫌われたかった。取引先にお詫び行脚(あんぎゃ)をしたかった。

いや、さすがにこれはないだろう。しかし、出世街道から降りたかったというのはどうだ。販売部門から異動になりたかった。これは少しありえるのではないか。理由は、もう疲れたとか。

昌幸の脳裏には八ヶ月前のひとコマがよぎる。この春、管野に辞令が下り、長野県にある工務店へと出向が決まった。ＪＲの駅前再開発に伴い、商業施設の誘致が始まっているそうだ。そこに食い込めるよう、地元の工務店との協力体制を築き上げるのが役目と聞いた。昌幸たちの会社の主なテリトリーは東京近郊なので、なぜ長野と訝しく思っていたところ、「ただの左遷だよ」と吐き捨てるように言ったやつがいた。例の、管野に嫉妬していた陰口男だ。

これまでも重役連中の不興を買った者がアウェーに送り込まれる事例はあったそうだ。出向先に望まれてならまだましで、ひどいときはほとんど話すら通っていない。迷惑がられ、肩身の狭い思いをさんざん味わう。堪え忍んでいるうちに戻されるのもいれば、早々に見切りを付け、辞めてしまう者もいる。あいつはどっちだろうと、その男は意地悪く笑った。

ウイルスメールの一件で、始末書を書いて謝罪行脚を終えた後、管野は減俸処分にもめげずプロジェクトリーダーを全うした。新築マンションは完売し、巻き返しが叶ったと昌幸は胸を撫で下ろしたのだが、そのあとの新築販売には若手がリーダー役に抜擢されたた。そして管野は出向となった。

ただの左遷と聞いた直後、昌幸は管野の部署に立ち寄り、半ば強引に飲み屋に誘い出した。ほんとうは差しで飲みたかったのだが、聞きつけた同期の数人が加わり、愚痴やぼやきの飛び交うやかましい夜になってしまった。途中でトイレや喫煙にと席を立つのがいて、やっと管野とふたりだけになった。昌幸はここぞとばかり、長野は断れなかったのかと詰問した。おまえが行くことはないだろ。こっちでやるべき仕事はまだあるはず。惜しむ人間もいるだろう。おまえを評価している重役だっているじゃないか。掛け合ったのか？　相談してみたか？　たまにはまわりを頼れ。

管野は傾けていた焼酎のグラスを止め、まじまじと昌幸を見返した。驚いたような顔だった。

「おれは真面目に言ってるんだよ」

「うん。そうみたいだな」

「茶化すなよ。今からでも遅くない。断れ。きっぱり断れ」

「ちがうんだ。内示の前に話を聞かせてくれた部長は、うまく断ってやるからと言ってくれた。でもおれは受けることにした」

「どうして！　なんでだよ。馬鹿か」

「おれは独身だよ。身軽だしさ。おれが断ったら家族持ちのところに話が行くんだ。

それもどうかと思うじゃないか。なあに、身軽ってのも悪くない。見ず知らずの土地で、新しい仕事をやってみたくなった」

にっこり微笑まれ、二の句が継げなかった。言葉を探しているうちに同期の連中が戻ってきて話は宙ぶらりんになった。別れ際、おまえんところの資材をばっちり受注してやるよ、待ってろと快活に言われ、これにもうまく返せなかった。

いきなりの辞令にショックを受け、ひとごとなのにへこんでいる自分がひどく小さな人間に思えてきた。驚いたのも落ちこんだのも勝手な独り相撲にすぎない。あいつの頭の中なんてわからない。もう放っておこう。行きたいならさっさと行け。やりたいようにやればいい。

そう思って来たのだけれども。絵本だ。

半ズボンの男の子の発想は止まらない。りんごはおじいちゃんの生まれ変わりかもしれないとか、なかまとともにふるさとに帰るのかもしれない、などと言い出す。

管野は窮地に立たされるミスを犯したのに、なぜへらへらしていたのか。花形部署からの異動が決まっても、なぜさばさばしていたのか。りんごがおじいちゃんの生まれ変わりなら、管野の凡ミスだって何かの、もしかして美しいヒーロー伝説だったりするのかもしれない。

たとえば誰かを庇（かば）ってのことだったりして。お、これはいけるのではないか。ドジな失敗をしでかす道化役を、管野はわざと演じていた。ウイルスの仕込まれたファイルを不用意に開けたのは別人だった。いったい誰だろう。発覚後すぐ身代わりになれるくらい近くにいた人だ。世話になった先輩か、目をかけている後輩か。長野行きを断ってやろうという部長かもしれない。部長なりに恩義を感じているとしたら。

でもしかし、世話になったり目をかけたりしているくらいで、あれほどの汚名をかぶるだろうか。始末書と謝罪行脚と減俸に加え、左遷の憂き目にも遭った。処分を甘く見込んでいたとしても、信用ガタ落ちになることは予想できたはず。

庇ったならば、もっと強い気持ちがあってしかるべきだ。そうしなければならない理由があった。もしくは、どんな不利益を被ってもかまわないと思える相手だった。

またしても息苦しくなって、昌幸は天井を見上げた。「相手」という言葉に胸の奥がうずく。例の凡ミスと、管野が未だ独身であることは関係してないだろうか。

昌幸が結婚したのは八年前、三十四歳のときだ。妻となった瑠璃子は、管野と同じく同期入社仲間である牧原響子の、学生時代の友だちだった。十年前に牧原の結婚式の二次会で出会い、とんとん拍子に交際へと発展し、結婚に至った。あの頃はまだ管野も「どこかにいい人いないかな」「誰か紹介してくれよ」「おれも結婚したい」と冗談まじりによく言っていた。

いつから口にしなくなったのだろう。それぞれ仕事が忙しくなり、昔ほど同期会は開かれなくなった。ビヤガーデンや河原のバーベキュー大会の音頭取りをする者もいなくなり、結婚式も減っていく。食堂などで顔を合わせれば挨拶(あいさつ)くらいはするが、立ち話では「最近どうよ」がせいぜいだ。

　気がつけば三十代後半、同期の独身は数えるほどになった。あるとき住宅機器の展示会で管野にばったり会い、一緒にフロアをまわりながら「そういえば」と話しかけた。そろそろおまえの番じゃないか、と。むろん結婚のことだ。ふたりで眺めるのは、子どもふたりの四人家族を想定したリビングルームの内装だった。

　管野が渋い顔になったので、昌幸は誰か紹介しようかと含み笑いを向けた。頼むよと言われれば、好みのタイプや年齢の幅を聞いてやろう。紹介する当てなどないのに、面白がる気満々でいたところ、管野は首を横に振った。おれはいいやと即座に断った。

「なんで。結婚する気がなくなった？」

「そういうわけじゃないけどな」

「だったら、すでに心に決めてる相手がいるとか？」

　返事がなかった。それが返事であることに、少し遅れて気づく。

「誰だよ。社内の人？　もしかしておれの知ってる人？」

「ノーコメント」

「水くさいな。言えよ。おれ、口は固いぞ。秘密は守る」

「決まってるわけじゃない。脈がないんだ。見込みなし。もうすぐ諦めるから、十年くらい経ったら話してやる」

おいおいと肘で小突いた。もっと聞き出したかったが、展示会場では込み入った話がしづらい。あいにくその日は別件の用事が入っていて、場所を変えることもできなかった。

ふだんだったらそれきり忘れてしまうところだが、まだ覚えているときに社内で管野の姿を見かけた。昌幸が本社ビル七階の小会議室で打ち合わせを終えて帰るとき、となりの会議室のドアが開いていて、管野が書類らしきものを整理していた。これから打ち合わせなのかもしれない。思わず足が止まったのは、管野の他にもうひとりいて、それが若い女性だったからだ。若いと言っても三十歳前後だろうか。机の上に書類を並べてみたり、途中で一緒に紙切れをのぞきこんだり、指を差して笑い合ったりと、とても仲良さそうに見えた。

管野は身長百六十五センチ、やや小太りで、髪の毛もやや薄くなり、顔立ちは良く言って「十人並み」だ。いいやつだが、いい男にはほど遠い。じっさい昔から「いい人だけど」「友だちにしか思えない」と言われ続けたらしい。でもそのときは女性とふたりで談笑している姿がとてもサマになっていた。相手が清潔感のある優しそうな人だったので、よけいにそう感じられた。何よりそれまでで一番、管野が嬉しそうに笑っていた。

　この人だろうと珍しく勘が働いた。お似合いじゃないかと素直に思った。脈がないってなんだろう。管野と言葉を交わす彼女も、くったくなく微笑んでいる。

　その場で話しかけるような野暮なまねはせず、昌幸はすみやかにその場をあとにしたが、慎重に少しだけ調べてみた。くだんの女性は管野と同じ課の西岡祐美（にしおかゆみ）さん。入社年度からすると十歳前後年下で、独身らしい。そこまでわかったところで詮索はやめることにした。直属の部下であり十歳年下となれば、部外者にはわからないデリケートな問題もあるかもしれない。

　そっとしておくつもりが、じっさいはほとんど忘れている状態だった。彼女が管野の課から異動になると社内報で知り、直属でなくなる方が付き合いやすくなると思いもした矢先、あの騒動が起きた。

　ミスを犯したのが彼女ならば、管野は庇いたくなるのではないか。ちがう課になったとはいえマンション販売部であることに変わりはない。ミスに気づく距離かもしれない。ただし、ミスを管野にかぶせてそれきりならば、彼女の人格を疑わざるをえない。そういう女性に入れあげるのはいかがなものか。

「パパ」

「待てよ」

ひょっとしたら、彼女自身が己のミスに気づいていなかったのかもしれない。管野は黙って一切を抱え込んだ。これなら合点がいく。

「コトちゃん、どれかな。パパ、どれがいい？」

「ん？」

りんごをめぐる男の子の妄想は相変わらず豊かに広がり、目の前の見開き二ページは圧巻だ。町中にりんご人間があふれている。

「ダメだなあ。これくらい考えなくちゃ」

「パパはこれね」

ベンチに座るサラリーマン風りんご人間を娘が指差す。

「うーむ。もっともらしいことをこねくり回してみたが、どうせなら……管野をライバル会社に雇われた産業スパイにするとかね」

広まったウイルスはダミーであり、もっと威力のある、会社を根底から揺るがすウイルスがばらまかれ、会社は乗っ取られる寸前だった。あるいは絵本に出てくるりんご星人のように管野の正体は宇宙人だったりして。いつの間にか宇宙人とすり替わっているのだ。そしてウイルスではなく地球外生命体との交信記録がもれてしまった。

ぶつぶつ言っているうちにも絵本は最後のページに到達し、きれいなオチへと導かれる。琴美は大満足で絵本を閉じたあとも、裏表紙やら見返しやらをながめていた。

そこにも楽しい絵が描かれている。コストパフォーマンスの素晴らしい一冊だ。

その後はおままごとで並べられたぬいぐるみの名前をひとつひとつ教えられ、覚えられないままおやつタイムへと突入し、ビスケットや蜜柑ゼリーを食べ終わった頃にはうとうとしてしまった。琴美に「洗濯物！」と揺り動かされ、あくびを嚙み殺しながらベランダに出た。日の暮れるのが早くなっている。住宅街の屋根やよそのマンションの側壁に西日が当たっている。耳を澄ますと友だちを呼ぶ子どもの声や、車のエンジン音、赤ちゃんの泣き声などが聞こえてくる。ありふれた休日の夕暮れ時に、菅野は今ごろどうしているだろうと思う。どんな場所にいて、何を眺めているのだろうか。

ベランダの物干し竿から洗濯物を室内に取り込み、ざっと仕分けをしていると出かけていたふたりが帰ってきた。絵本を読みながら思い浮かべた菅野について、瑠璃子に話したのは子どもたちの就寝後だった。

「菅野って、覚えてるよな。ほら、おれたちの結婚式の二次会で司会をやってくれた会社の同期」

瑠璃子はスマホをいじっていた手を止めた。昌幸はテレビのスポーツニュースを見ていたが、ちょうどコマーシャルに入ったので音量を少し落とす。瑠璃子は訝しむ顔になった。

「管野さんがどうかしたの？」

「あいつ、この春から長野じゃないか。向こうはもう冬なのかなと思ってさ」

「こっちよりかは寒いでしょうね」

「このままずっと独身でいるつもりかな。牧原から何か聞いてない？　管野の身近にいる女性について、とか」

言ったとたん、瑠璃子の顔つきが変わった。同期入社である牧原は、瑠璃子の学生時代の友人だ。女同士の気安さで、妻の方に噂話をするかもしれないと思ったが、ビンゴなのか。昌幸はテレビそっちのけで身を乗り出したが、瑠璃子ははぐらかすように目をそらす。隣近所や同じクラスのお母さんの話など、いつも大変な勢いでまくしたてるのに。

「なんだよ。気になるじゃないか。牧原に口止めされたのか」

「そうでもないけど、デリケートな話だったから」

雰囲気からしてあまりいい話ではなさそうだ。でも聞き出さずにいられない。瑠璃子の方も黙っていられなかったようで、ふたりきりしかいないリビングで声をひそめる。

「ここだけの話よ。広めたらダメよ」

「わかっているよ。そんなの決まってるだろ」

「マキちゃん、いっときすごく困っていたの。管野さんとの仲を疑われ、気持ちの悪いメールが来るって」

「管野と牧原？　なんだそりゃ」

「でしょ。あのふたりに何かあるわけないじゃない。ウマが合うからよくしゃべるし、飲みにも行くみたいだけど、マキちゃん、十年前に結婚した旦那さんとラブラブだし、管野さんもよくわかってる。お互いに男とか女とか意識してないわよ」

　牧原はパンツスーツを颯爽と着こなし、豪快に口を開けて笑う、さばけた女性だ。サークルの後輩であるイケメン男子から一途に思われ、三十二歳で結婚した。今でも向こうは自分にぞっこんだと、ときどきアホらしい惚気を聞かされる。その意味でも他の男にふらふらするとは考えられない。まして相手が管野だなんて。

「どこのどいつだよ。そんなバカらしいこと言ってるのは」

「管野さんの近くにいる女の人みたい。琴美がまだ小さい頃だから、三年くらい前になるわね。マキちゃん、何人かと飲みに行ってハシゴをしたんだけれど、最後まで一緒にいたのが管野さんだったらしい。いい気持ちで酔っ払って、管野さんのお腹を叩いたり、ほっぺたをつついたり、クッション替わりにもたれかかったりしたそうなのよ」

「いつものことだ。ありありと目に浮かぶ」

「うん。そしたら数日後、『あれはなんですか、見苦しい、セクハラ以外のなにものでもない、いい年して恥を知りなさい』、と匿名のメールが来たんだって」

うげげと思わず声が漏れた。

「たぶん同じ店にいて、見ていたのよね。マキちゃんのことだから、その時点ではどん引きくらいで流そうとしたみたい。ところがそこからしつこくいやがらせのメールが来て、隠し撮りの写真まで送られてきたんだって。さすがに気持ち悪くなったわけよ」

今まさに昌幸がどん引き状態だ。

「写真って、どんなの？」

「最初のメールが来てから管野さんと飲み歩かないようにしてたから、撮られたのはその前ね。道端で管野さんの腕を摑み、カラオケ店に引っ張り込もうとしているところと、もう一枚は社内で立ち話しているところ」

「社内？　会社の人間ってことか」

「そうなるわよね。前々からふたりの仲を疑い、目を付けてたんだと、マキちゃんはこぼしてた」

「ぜんぜん知らなかったよ。それで牧原はどうした？　誰かに相談したのか。社内の誰かに」

瑠璃子は唇を噛んで頭を少し傾けた。

「マキちゃんもずいぶん悩んだんだと思う。でも管野さんとは部署がちがうでしょ。たまたまその頃は会う機会が続いたけど、ふだんは半年くらい顔を見ないこともあるんだって。会う機会っていうのも、他の人から飲み会やカラオケに誘われただけで、お互いに声を掛け合うわけでもない。だからしばらく疎遠になるくらいは、なんでもないことだったのよ。脅しにひるむみたいで気分は悪いけど、そのままにしたそうなの」

「管野にも言わなかったのか」

「しばらくたってから電話で打ち明けたそうよ。そしたら心当たりがあるような口ぶりで、迷惑をかけてごめんねだって」

またしても驚かされる。今までの話からすると、いやがらせのメールを送ってきた人間は、管野と牧原が親しそうにしているのを見て、牧原を攻撃した。つまり相手は女性？　管野に執着する女性がいるわけか。

「あいつがそんなにモテるなんて」

「失礼なこと言わないでよ。管野さんをいいと思う人がいてもおかしくないでしょ。でも管野さんの方ではノーサンキューなのよ。迫られても、やんわり拒絶していたんじゃないのかな。そしたらあとをつけまわしたり盗撮したり。管野さんが好意を持てないのは、初めからそれなりの相手だったのね。女を見る目があるわ」

ばっさり切り捨てる瑠璃子に昌幸もうなずいた。モテて嬉しい相手とそうでない相手がいるのはわかるつもりだ。現実に、ストーカー行為の被害が出ている。

「牧原の方はその後どうした？」

「管野さんに会わないよう気をつけていたら、メールもそれっきりだって」

「とんだとばっちりだったな。煙も立ってないところに、消火器を投げつけられたようなものか。当事者の管野はさぞかし……」

言いかけて背筋が寒くなった。牧原に悪質なメールが届くようになったのは三年前で、管野がウイルスメールの餌食になったのは二年前。無関係だろうか。

考えたことが顔に出たらしく、瑠璃子も神妙な面持ちになる。

「管野さん、すごく厄介なことに巻き込まれたのよね。ウイルスに感染したファイルを開けてしまったんでしょう？」

「もしかして」

「マキちゃんも気になってすぐに連絡したそうよ。でも関係ないと言われたんだって。ぜんぜんちがう、ぼんやりしてドジを踏んだだけで、自業自得だからって」

ほんとうにそうだったのだろうか。今の話を聞いたあとだと鵜呑みにはできない。

牧原にしてみれば、それ以上は食い下がれなかったのだろうが。

「歯がゆいわよね。いろいろと」

「ああ。でももっと早くに聞きたかった」

「ごめんなさい。同じ社内のことだからって、あなたには黙っているよう頼まれたの」

　わからないでもないが、今ごろ知るのがもどかしい。女性の逆恨みだとしても、管野はすべてを飲み込み、自分のしでかした凡ミスとして事務処理にあたった。水くさいと思うが、打ち明けづらい苦しい状況だったのか。出るところに出てカタを付けるべきか否か、彼も迷いはしただろう。

「管野さんは結局、本社にいられなくなったのよね」

「長野行きについては断る余地があったらしい。でも、自分の意志で受けたと言ってたよ」

「それでよかったのかしら」

　瑠璃子の視線がすっと動き、キッチンへと向けられる。リビングとの間仕切りにカウンターが設置され、その上にりんごがひとつ乗っていた。昼間見た絵本の冒頭シーンのように。先週末スーパーに買い物に行ったとき、青果コーナーで瑠璃子がばら売りのりんごを見つけた。長野産と書かれたプレートを見て昌幸は「買おうよ」と言った。

それが頭にあったので、あの絵本を見て管野を思い出したのだ。彼は今、りんごの産地で働いている。おまえんとこの資材を受注してやる、と言ったのは、その場限りの社交辞令ではなかった。先週、大口の見積依頼が舞い込んだのだ。満面の笑みを浮かべる部長に、君の同期だったなと言われ誇らしかった。どこに行ってもしっかり働いている。仕事のできるやつだ。

「さっき、おれが管野の身近にいる女性って言ったのは、管野が気になってる女の人がいると話していたのを思い出したからなんだ。思われてるんじゃなく、思っている相手。牧原に送られてきたメールの差出人は、それきりわからずじまい？」

「ううん。マキちゃんがただの泣き寝入りなんかしないわよ。突き止めたみたい」

「なんて名前？」

「イニシャルまじりでS山さんと言ってた」

鳥肌が立つ。今度は寒気ではなく、胸の中に新鮮な空気が入ったのだ。

「管野がものすごく嬉しそうに笑いかけていたのは、西岡さんという女性だった」

「S山さんじゃないのね」

「おれの勘が正しければ、あいつの好きなのは清潔感のある優しそうな女性だ」

「あなたの勘ねえ。当たっているといいけど。管野さんのハートを摑んだのはまともな人であってほしいわ。それ、確認する術はないの？」

「受注があったから、挨拶がてら出張を入れることはできるかも」

「本人に聞いてみるのね。行って来てよ。長野なら新幹線で一時間ちょっとでしょ」

けしかける瑠璃子とは裏腹に、昌幸にはふとためらいがよぎった。思う相手が別人だとしても、あのとき管野は脈がないと言っていた。いくら仲良さそうに見えても、相手からは男として意識されていない場合もある。そっとしておいた方がいいだろうか。それとも、誰かに話したいときもあるだろうか。管野は「十年くらい経ったら話してやる」と言っていた。まだ数年しか経ってないが。


迷いつつも週明けの月曜日、昌幸は上司から出張を取り付けた。長野はたしかに片道数時間の距離なので日帰りになってしまったが、昼過ぎからの挨拶回りをてきぱきこなせば、早めの夕食くらい一緒にとれそうだ。


日程調整を管野に任せ、持参する資料を作っていると、瑠璃子は瑠璃子で牧原に連絡を取ったらしい。社内メールで呼び出しを受けた。人目を憚ったのか打ち合わせ用の小会議室をとっていて、そこまで出向くと自分用のペットボトルを一本だけ手にした牧原が待ち構えていた。挨拶もそこそこに本題に入る。

「ルリコから聞き出したんだって？　カンちゃんのこと。それで長野に出張？」

「来週ね」

「よかった。あれからずっと気になっていたのよ。どうしているか、しっかり見てきて」

牧原のもとに届いたいやがらせメールのことを、昌幸としてはさらに詳しく聞かずにいられない。話を向けると渋々ながらもあらましを語った。そして今現在、差出人とおぼしき女性がどうしているかも教えてくれた。昨年の春、販売部から異動になり、マンションを管理する子会社に出向中だそうだ。

「去年の春なら、管野の異動の一年前か」

「ウイルスメールの失態でカンちゃんはさんざんな目に遭ったでしょ。四苦八苦してる姿を間近で見て、少しは心がとがめたんじゃない？　わりとすんなり辞令を受け入れたみたいよ」

「やっぱりあれ、その女性の仕業だと、牧原は思ってるんだな」

「まあね。カンちゃんはうんと言わなかったけど」

「どうしてだろう。その女性を庇ったわけじゃないだろ」

へたに騒いでS山さんとやらの嫉妬の対象が、西岡さんに向けられるのを恐れたのだろうか。

「あの出来事からもう二年になるんだよな。問題の女性もよそに移ったなら、なぜ管野は長野への出向を承諾したんだろう」

「さあ。そのあたりも聞けたら聞いて来てよ」

ひとつだけ知ってたら教えてくれと、昌幸は切り出した。

「西岡さんは今、どうしているのかな」

すでに瑠璃子から情報が行ってるだろうと踏んでの質問だった。牧原はあっさりうなずく。話が早い。

「私も気になって調べてみた。ここ数年異動もなく販売部にいる」

「結婚は？」

「過去はわからないけど、今は独身よ」

ふーんと短く返すことしかできなかった。彼女はどんな気持ちで管野を送り出したのか。課がちがえば、送別会の類には呼ばれなかったのかもしれない。送り出すという意識もなく、人事異動を春先の恒例行事と受け止めたのかもしれない。

「でも、村上(むらかみ)くんもどうかしたの？　今になってカンちゃんのことをずいぶん気にして」

「琴美の絵本を読んだんだ」

「絵本？」

「物事を簡単に決めつけず、ああかもしれない、こうかもしれないと考えてみたらどうなるか、っていう絵本だった」

「哲学的ねえ。それでカンちゃんのことも考え直してみたの？」

「そのとおり。二年前のあれも、馬鹿でまぬけな凡ミスではなかったのかもしれない、ってね」

牧原は肩をすくめ、楽しげに笑った。

「カンちゃんは馬鹿でまぬけな凡ミスと、自分で言ってたけどね」

だからだ。誰のせいでもなく、自分の不注意が招いたミスならば、もっと自己嫌悪に浸ったり、口惜しがったりしてもよさそうだ。管野は立ち直りも割り切りも早かった。むしろ早すぎた。裏に込み入った事情があったからこそ、短い間に深く思い悩み、腹をくって、そのあとはけろりとしていたのではないか。

「しっかり尻尾を摑んできてよ。白状させるのは難しいだろうけど。私だって、これでも心配してるんだから」

腕を組んで肩をそびやかし、牧原は顎をしゃくってみせた。昌幸はそれにうなずき話を切り上げた。片手を挙げて会議室を出て行く。廊下を歩く足取りがいつもより軽くて速い。この勢いで長野に行き、管野と真正面からぶつかってみようと思った。

管野は新幹線の到着時間を見計らい、長野駅の改札口まで迎えに来てくれた。東京にいるときも部署がちがったので八ヶ月ぶりというのは珍しくないが、地方の駅で会うのは新鮮だ。彼の案内で駅前の駐車場まで歩き、駐(と)めてあった営業車に乗り込んだ。

そこからは管野の世話になっている工務店に立ち寄り、副所長と共に顧客の元に出向き、東京本社の資材部として挨拶がてらの売り込みに励んだ。昼は管野のセッティングで接待会食、その後も車で何ケ所かまわり、予定を精力的にこなした。

五時半に工務店に戻り、車を駐車場においたところで本日の業務は終了。所長や副所長にあらためて発注の礼を述べ、これからもよろしくお願いしますと頭を下げてから長野駅に向かった。管野には「一杯つき合え」と言ってあったので、早い時間から開いている駅前の小料理屋へと案内してくれた。

ビールで喉(のど)を潤したあと日本酒に切り替え、馬刺しやわかさぎの天ぷら、鮎(あゆ)の甘露煮に箸(はし)をのばす。今日の首尾については道々話していたので、店では同期連中の近況や家族のことなど、あたりさわりのない話題が続いた。ひと息ついたところで昌幸はテーブル脇の飾り棚に目を向けた。席に着いたときから気づいていたのだ。頭部がりんごという十センチほどのマスコット人形が置いてある。

「信州りんごのゆるキャラかな」

言ってから、娘が買ってもらった新しい絵本について話した。それを読みながら管野のことを考えたと伝える。わかさぎを摘んだ箸が昌幸の目の前で止まった。驚いた眼差しが注がれるので気恥ずかしかったが、苦笑いと共に自分なりの仮説を披露した。

もしかしたらあれは、ただの凡ミスではなく巧妙に仕組まれた罠だったのかもしれない。もしくは販売部の仕事に疲れ、怪しいとわかっていたのにわざとファイルを開けたのかもしれない。あるいは誰かのミスを庇ってのことだったのかもしれない。でなければ、管野は産業スパイだった。ひょっとしていつの間にかすり替わった宇宙人！

最後のふたつで愉快そうに笑ってくれた。追加で牛すじの煮込みとだし巻き卵と野沢菜を頼む。

「すごいな、おまえ」

「そうでもないさ。半ズボンの男の子の発想力にはまったく及ばない」

「いや、おまえの仮説はスパイと宇宙人以外、当たっているんだ」

今度は昌幸の方が目を剝いて見返した。熱い視線を受けても、管野はすまし顔で骨ごと食べた鮎の皿を片づける。

「全部じゃないけど、ところどころな」

「どこだよ。どこ」

「あの一件の前に、ちょっとばかし気になっている女の人がいることは話したっけ」

「少しな。脈がなくて諦めるようなことを言ってた」

「うん。ひとまわり年下の、直属の部下だったんだ。それもストッパーになっていたけれど、あるとき彼女が話してくれた。自分はひとりっ子で、両親はすでに高齢。どちらにも厄介な持病がある。ずっとそばにいてほしいと言われている。だから、誰とも結婚する気はないってね」

思いもよらない話だった。結婚する気になる男性が現れるかどうか、という問題ではないのか。

「彼女の意志が固いのを知って諦めようと思った。そうするしかないと思っていた。そんなとき、彼女の名前でメールが届き、相談したいことがある、添付したファイルを見てほしいと書いてあった」

それは悪意の作り出した真っ赤な偽物だった。巧妙に仕組まれた罠だった。管野は運ばれてきた追加の酒を手酌でぐい飲みに注ぐ。

「馬鹿だよな。思わずクリックしてしまった。それだけじゃないんだ。同じような文面と内容で、おれの名を騙（かた）ったメールも彼女に届いていたらしい。彼女は冷静だった。不審に思い、ファイルを開かなかった」

「もう一通……」

「ああ。彼女が難を逃れられたならほんとうによかった。おれだってそう思ったよ。自分の馬鹿さ加減にめげながらも、やっちまったことはやっちまったことで、事後処理に当たるしかない。そんな脂汗たらたらの最中、追い打ちをかけるようなメールが届いた。冷静さを保っていた者と、保てなかった者の、思いの差がここに現われている。あなたは愚かで哀しい道化ですね。いい加減に目を覚ましなさいってね。痛いところを突かれたわけだ」

昌幸は開いた口をなかなか閉じられなかった。無意識のうちにだし巻き卵を放り込む。咀嚼していると旨いだろと言われ、絶妙だと返す。

「追い打ちメールのおかげで犯人はわかった。告発してやりたかったが、騒げばファイルを開けなかった彼女を巻きこむことになる。それだけは避けたかった。おれにだって意地はあるよ。彼女に迷惑をかけたくない気持ち半分、あとの半分は、道化上等と開き直ってみたかった」

「あのときへらへらしてたのは、おまえなりの強がりか」

罠と気づいた口惜しさもあり、庇いたい相手もいた。

「ウイルスファイルとわかっていて開けたわけじゃない。でも、虚勢を張ってかっこつけてるうちに、仕事への意欲がガクンと減った。『疲れてしまい販売部から異動になりたかった』、というおまえの推察は当たらずとも遠からずだ」

昌幸は奥歯で野沢菜を嚙みしめ、「そうか」とつぶやいた。

「何も知らなかった。考えてもみなかった。最初から凡ミスと決めつけ、馬鹿だまぬけだとさんざん噛みついちまったな」

管野は片手を挙げ、首を左右に振った。

「おまえは怒っても愛想を尽かすことなく、この春また、目を三角に吊り上げてどやしつけに来ただろ。おれは二年前、誰にも本当のことを打ち明けず、ウイルスメールのミスをすべてかぶった。そしてまた、黙って辞令を受け取った。同じことをやってるんだと、おまえの怒った顔を見て思い知ったよ。これでよかったのかと。詰られながら初めて迷いがよぎった。平気じゃないのに平気なふりをしていただけではないか。言ってもしょうがない、言わない方が傷は浅いと、おれも決めつけていた。結果、仕事に限らずあらゆる意欲が減退し、何もかもが虚しくなる一歩手前だった」

唇を噛む管野に、昌幸はかすれた声で「それで?」と促した。管野は口を開く。

「自分の思いを飲みこむか、飲みこまないか、迷ったけど二年前とはちがう方を選んだ。自分の気持ちを打ち明けることにしたんだ。洗いざらいとまではいかないけど、言える範囲でそこそこ」

「誰に?」

「脈がなかった彼女にだよ。こっちに来てからしばらく経った頃、五月の連休明けだったな」

ふいに管野をとりまく空気の色が変わった。重苦しい灰色に暖かな光が差すのを昌幸は呆然とみつめる。

「そしたら泣かれてしまった。脈がなかったわけではないらしい。メールや電話で少しずつやりとりを始め、夏からはときどき会ったりしてる」

「どこで?」

「こっちや東京で」

「それ、早く言えよ」

「言ってるじゃないか。彼女の両親のことも一緒に考えていこうと話しあっている。彼女が長野に移り住んでもできることはある」

気がついたら昌幸は洟(はなみず)をすすり上げていた。牛すじの煮込みに振りかけた七味唐辛子が利きすぎたらしい。鼻の奥から目の奥にツンと染みる。まったくもうと毒づきながらテーブルの上の料理を次々にたいらげた。野沢菜も煮込みも美味しくてたまらない。何よりの肴(さかな)が目の前でにこにこ笑っている。

管野は追加の酒を頼もうとしたが、それは制した。昌幸は時計を見ながら財布を取り出す。奢(おご)ると言われたが、また今度と千円札を数枚引き抜いた。

「駅の売店が開いてるうちに、お土産を買おうと思って」

「そうか。長野土産なら……」

「りんごがいい。いろんなりんご」

「ああ。さっき言ってた絵本」

ふたりして顔を見合わせクスリと笑った。

長野県民の発想力が知りたい。どんなグッズがあるだろう。宇宙人がりんご型のスクーターに乗っていても驚くまい。管野もついてくると言い、伝票を摑んでレジへと向かった。こいつに祝いの言葉が贈れる日が、早く来ればいいなと思う。

砂糖壺は空っぽ

加納朋子

加納朋子（かのう・ともこ）

福岡県生れ。１９９２年『ななつのこ』で第３回鮎川哲也賞を受賞し、デビュー。１９９５年「ガラスの麒麟」で第48回日本推理作家協会賞短編および連作短編集部門を受賞。著書に、『少年少女飛行倶楽部』『ささらさや』『七人の敵がいる』『カーテンコール！』『いつかの岸辺に跳ねていく』『二百十番館にようこそ』などがある。

1

思えば幼児期がピークで、あとは長い坂道を、ただひたすら下っているような人生だった。

僕は幼稚園児の頃から小柄だったけど、運動神経だけは良かったから、体格のせいで惨めな思いをするようなことはなかった。戦隊ごっこでレッドをやることもあったし、アンパンチを繰り出し合って、終いには喧嘩になっても、一方的にやられたりはしなかった。

それが怪しくなってきたのは、小学校に入学してからだ。

まず最初に絶望したのは、自分がクラスで一番のチビだったこと。どの男子より、そして女子よりも、僕は小さかったのだ。

そしてもう一つ。入学前、両親に連れられて入学用品を買いに行った時、僕は二十色以上もあるランドセルの中から、空色のものを選んだ。とても美しいと、子供心に思ったのだ。それが、いざ学校に通ってみると、びっくりするくらい浮いていた。入学早々、クラスの男子から「おまえ、そのランドセル、オカマかあ？」と言われた。にやにや笑いを浮かべながら。

屈辱だった。

実はランドセル売り場で、母は控え目に、「こっちじゃなくて大丈夫？」と聞いてきたのだ。指差されたそっちも格好いいとは思った。確かに一瞬は迷ったのだ。けど、その時には空色のが断然いいと思った。後から悔やんでも、遅かった。幼心に、ランドセルというものが、一度買ってしまえばもう二度と買ってもらえないレベルの品だとわかっていた。だから親にも言えず、僕は六年間、屈辱を背負い続けることになった。

ランドセルだけじゃない。筆箱でも下敷きでも消しゴムでも。店で僕は、「これがいい」と気に入った一つを指差す。すると、母は必ず、「こっちの方がいいんじゃない？」と言ってくる。少し不安になるものの、僕は最初の品を譲らず、そして母も自分の趣味を押しつけてくるようなことはなかった。そして学校で、「おまえ、なにそれー」と笑われることになる。

どうやら僕は、何かを自分の意思で選ぶと、必ず失敗してしまうらしかった。

洋服にしても、そうだった。店で僕が、「これが格好いい」と握りしめた服を見て、母はいつも「うーん」と首を傾げた。母が「こっちの方がいいんじゃない？」と選んでくるのは、僕にとっては「ありえない」と思えるようなものばかりだった。

けれどやっぱり学校で、僕のチョイスは不評なのが常だった。女子からはどこか気の毒そうに、「もっと似合うの着たらいいのに」などと言われる始末だ。

いつだって僕は、ちんちくりんでちぐはぐだった。理想の自分と、現実の落差がありすぎるのだ。いつだったかテレビで見た、ナイアガラの滝みたいに。

僕は戦隊物や仮面ライダーのヒーローみたいに、強くて格好いい男でありたかった。将来は、格闘技で戦っている男達みたいに、浅黒い肌で、筋肉ムキムキで、見上げるような大男になりたかった。

けれど現実は、僕の身長がどれほど伸びようと、他の皆はそれ以上に背を伸ばしていた。色が白く、日焼けをするとすぐに赤くなってヒリヒリした。「可愛い」と言われることはあっても、「格好いい」なんて言われることは皆無だった。体が貧弱だから、僕はいつまでたっても強くはならなかった。幼児の頃は運動神経がいいと言われていたけれど、学年が上がるにつれて、並みか、それ以下になっていった。

僕には姉が一人いる。三つという年齢差は、子供の時には圧倒的な力の差だ。逆らうことは許されず、姉とその友達に着せ替え人形のように扱われた時期があった。フリフリのワンピースなどを無理矢理着せられ、頭にリボンを巻かれて「かわいー」と叫ばれ、泣きたくなった。その都度怒ったり拗ねたりしても事態は変わらず、たまりかねて泣き叫んで抗議したら、ようやく止めてくれた。二人とも、びっくりしたような顔をしていたから、本気で悪気がなかったらしい。

『ごめんね、そんなに嫌だとは思わなかったの』と謝られ、馬鹿みたいに泣いてしまったこともあって、とてもきまりが悪かった。時に暴君になることはあっても、総じて姉は僕を可愛がってくれていたから。

姉に限らず、母も、それからクラスメイトの母親達も、なぜか皆、僕には好意的だった。けれどその好意が、他の子達からのからかいのネタになることも多々あった。

「俺のお母さんが、おまえのこと、フランス映画に出てくる美少年みたいって言ってたぞー。ジャニーズとか入ればいいのに」

なんてニヤニヤ笑いとともに言われたりして、死にたくなった。

高学年になるにつれ、僕ははっきりと苛められるようになっていた。幸い、暴力的なものはほとんどなかったけれど、隙あらば、嫌なことを言ってくる連中がいた。彼らの中には、幼稚園の頃、一緒に駆け回って遊んでいたやつもいて、あんなに仲が良かったのにと絶望した。

僕はただひたすら、自分の殻を強化し続け、その中に心を押し込めて、能面のような顔で辛（つら）い日々をやり過ごしていった。

こうして暗黒の小学生時代を終え、中学生になった。

小中ともに地元の公立なら、クラスの面子（メンツ）には見知った顔もかなりいる。嫌なやつがやたらと目についたのは、僕の思い込みばかりじゃなかった。僕を庇（かば）ってくれる素振りを見せたり、そうでなくとも我関せずで、結果無害だったりするやつらは皆、さっさと私立中学へ進学していた。僕もそうしていれば良かったんだと、このときばかりは深く後悔した。

こんな状況では、小学生の頃よりも事態が良くなるはずもない。

授業はパサパサに乾いたパンで、ひたすらじっと座っていればいいから、それは特にどうということはない。指名されたときに余計な注目を浴びないよう、無難にやり過ごすために多少の予習を欠かさなければいい。

問題は、多すぎるマスタードみたいな休み時間だった。

入学して間もない頃、僕は自分の席で本を読んでいた。祖父母からもらった入学祝い金で買ったハードカバーの本で、それはわくわくするような冒険物語だった。美味しいお菓子を少しずつ味わうようにして読んでいたら、いきなりその世界に不作法に乱入してきた生き物がいた。六年生の時に同じクラスだった、馬鹿男子である。幼稚園の頃には仲が良かったうちの一人だ。

やつは開いたページの間に指を入れてぐいと引っ張り、「おぼっちゃーん、何を読んでいるのかなあ?」と気持ちの悪いトーンで話しかけてきた。「そのご本、おもちろいですかあ? 僕ちゃんにも、読ませて欲しいなあ」

幼児に話しかけるような口調で、ニタニタ笑いつきで。本を引っ張りながら、僕の顔をぐうっとのぞき込んでくる。

カッとして、相手が引っ張るのに合わせ、本をそのままやつの顔面目がけてヒットさせてやった。たまらず相手は叫び声を上げ、次の瞬間、開いたページに血がぼたぼた垂れた。角の部分が、強く鼻に当たったらしい。

周囲の女子がキャアキャア悲鳴を上げる中、僕は鼻血で汚れた本をゴミ箱に投げ捨て、そのまま教室を飛びだした。制服のシャツやズボンにも血が飛び散っていて、泣きたくなりながらトイレで洗った。

以来、休み時間は極力教室から離れるようにしていた。馬鹿男子からは、後であからさまな舌打ちをされたくらいで、特に報復などはなくてほっとしたけれど、教室が危険な場所であることには違いない。そいつはもちろん、クラスのやつらにも、同じ小学校出身の別のやつらにも見つからないように、なるべく早足で校内を移動し続けた。最初は図書室にこもったけれども、人から声をかけられることが増え、書架の間をウロウロしたり、階段をひたすら上ったり降りたりするようになった。そうして始業時間ギリギリに席に着く。毎日が、クタクタだった。

僕は未だに、あの冒険物語の結末を知らないでいる。一度図書室で借りてみたものの、どうしてもあの嫌な思い出が甦(よみがえ)ってしまい、読み進めることができなかった。

一学期には夏休みを、二学期には冬休みを、ひたすら待ちわびるような学校生活だった。

その日は春休みまであと一ヵ月と少し。

僕にとっては、ただそれだけの日だった。

朝、登校して教科書を机に入れようとしたら、何かが手に当たった。取りだしてみたら、きれいにラッピングされた小箱だった。何だこれ……と一瞬固まっていたら、後ろの席のやつがふいに大声を上げた。

「えー、こいつ、チョコもらってやんの。いやさすが、ジャニーズくんはおモテになりますねー。いいなあ、おれにもチョコちょーだい」

教室中の視線が集まり、どっと笑い声が起きた。それから複数の男子が集まってきて、誰からだよ、何だよ、ケチるなよ、見せろよなどと口々に言われ、無体にもあっという間に包みは開けられてしまった。チョコは市販の物で、ほっとしたことに差出人の名前や手紙などはなかった。先生が来るギリギリの時間だった為(ため)に、教室から逃げ出すこともできない。僕にできたのは、ただ、能面のような顔でそこに座り続けることだけだった。僕なんかにチョコをくれた子に申し訳ないと、心の中で悔し涙に暮れながら。

結局、チョコの送り主は不明のままだ。あんな状況で、名乗り出られようはずもない。

このとき、僕は決めた。高校こそは、なにがなんでも私立に行こうと。地元の公立なんて行ったら、また馬鹿男子共と顔を合わせなければならなくなる。どうしてもそれは避けたかった。

両親に相談したら、わりあいすんなりと私立高校受験を認めてもらえた。私立と公立では受験対策も違ってくるから、私立に強い塾に通うように勧められた。

そうして僕は、その塾であの子に出会った。

2

その子を初めて見たのは、塾の自習室でだった。

その時には、中学二年に進級していた。

塾は個別指導を売りにしているところで、一室を自習スペースとして開放してくれていた。自宅学習よりも集中できるので、塾の授業がない日でも、僕はよくそこで勉強していた。

その子もまた、自習室の常連だった。ちっちゃくて可愛い、女の子。視線の端に彼女を捉えては、ああ、またいるなと思っていた。

彼女の名前は、ミエというらしい。友達らしい女の子が時々やって来ては、ミエちゃんミエちゃんと話しかけていた。もちろん、皆が勉強をしている場だから、声はごく小さいし、交わす言葉もそう多くはない。だから、ミエちゃんというのがただのミエなのか、それともミエコとかミエカとかなのか、わからなかった。もしかしたら、苗字という線もあるかもしれない。

いつの間にか、そんなことをふと考えるくらいには、彼女のことを意識していた。その主な理由は、彼女の制服だった。ミエちゃんはブレザーのボトムに、スカートではなくズボンを選択していたのだ。

市内の公立中の制服で、女子でもズボンを選べるようになって、まだそんなに経っていない。見た目はスカートが似合いそうな、可愛らしい女の子なだけに、なぜ敢えてそれを選んだのかが気になった。選べると言っても、実際にズボンで登校する女生徒は相当に稀（まれ）なはずだ。学校という場所は、そうした浮き方をする生徒にとことん厳しくできているから。

ただ、その理由については、何となく想像はついた。ミエちゃんは杖をついていて、歩き方もぎこちない。ということはつまり、怪我か何かで見た目上の問題があり、それを隠したがっているのかもしれない。

もちろん、彼女が抱えている問題が何であれ、僕に知る機会などはない。その頃には僕は、立派なコミュ障となっていた。筋金入りのぼっちの僕に、自分から女の子に声などかけられるわけもない（男子にだって無理だけど）。

塾の自習室で顔馴染みにはなっていたから、会えば彼女はにっこり笑って挨拶をしてくれる。それへ僕は、くぐもったような声でこんにちはを返す。情けないことだけど、それが僕の精一杯なのだ。

数ヵ月が経ち、気づいたら彼女は杖を使わず歩けるようになっていた。ああ良かった、怪我が治ったんだなと、そう思っていた。

ある日、塾への道を歩いていると、少し先を彼女が歩いていた。初めて会ったときから変わらず、制服のボトムはズボンである。杖をついていたときと同じく、リュックサックを背負った背中を、僕はじっと見つめていた。肩までの髪が、空色のリュックの上で跳ねる。その揺れ方は、少しぎこちない。どうやら、怪我をした足を庇いながら歩いているらしかった。杖は取れても、即全快とはいかないのだろう。

そう思っていると、ふいに彼女が立ち止まり、ぎくりとした。ただ、背後の僕に気づいたわけではなさそうだ。ミエちゃんはよろよろと歩道の端に寄り、そのままうずくまるようにしゃがみ込んでしまった。

もしかしたら、ほどけた靴紐を結ぼうとしているのかもしれない。あるいは、何かを落として拾おうとしているのかも。

そんなことを考え、僕は自分のズボンの布地を握ったりしながらしばらく固まっていた。けれど、やっぱり様子がおかしい。右脚の膝のあたりを押さえたまま、動かないのだ。

「……あ、あの。どうしたの?」

ありったけの勇気を振り絞り、僕はようやく声をかけた。

「ああ、塾の……」

僕をみとめてそう言ったミエちゃんの顔は、痛そうに歪んでいる。

「足、痛いの?」

「……うん」

相手はこっくりと、うなずく。

「立てる? おんぶできればいいんだけど……」

ミエちゃんは慌てたようにぷるぷる首を振り、ぱたぱた手も振った。確かに僕の体格じゃ、たとえ相手が小柄だろうと、女の子一人を負ぶえる自信はなかった。

「それじゃ、肩を貸すから、掴まって。どうせすぐそこだし……」

ミエちゃんの右手を僕の肩に回し、そろそろと立ち上がる。彼女の細い体がぴったりくっつく形になり、心臓が痛いくらいに跳ね上がった。

塾までは、本当にあと少しのところだった。彼女と二人、エレベーターに乗り、五階のボタンを押す。

「あ、あの。事務の人に、痛み止めとか、もらえるかも……」

僕が言うと、ミエちゃんは辛そうに壁に体を預けながら首を振った。

「痛み止めは効かないの」

え？　と首を傾げたら、ミエちゃんは少し屈み、右脚のズボンの裾をちらりと捲った。

一瞬だけ、金属のようなものが鈍く光を跳ね返すのが見えた。

「義足なの」驚いている僕を気遣うように、ミエちゃんはにっこりと笑った。「もうない足なのに、時々すごく痛むの。不思議だよね。ゲンシツウっていうんだって」

彼女が言い終えると同時に、エレベーターのドアが開いた。彼女は一人先に立ち、痛みなど感じさせない足取りで受付に近づき、こんにちはと挨拶をした。

いつも通りの、明るさで。

僕もゆるゆる歩き出しつつ、呆然と、彼女の空色のリュックを見つめていた。

家に帰ってから、父のパソコンで〈ゲンシツウ〉について調べてみた。耳で聞いた時にはなんとなく、〈原始痛〉という漢字を思い浮かべていたけど、違った。〈幻肢痛〉だ。

幻の、四肢の、痛み……。

画面の説明文を読むうちに、僕の心臓がズキズキ痛み出した。

——ただの、怪我だと思っていた。たとえ重症で、骨が折れていたとしても……。時が経てば、骨はくっつき、元どおりになるのだろう。

そんな風に考えていたような気がする。

まさか、切断しなければならないような、そんな大怪我だったなんて。

僕と同じ年頃の女の子なのに。ある日突然、片足を喪（うしな）ってしまった衝撃と哀（かな）しみは、どれほどのものだったろう。

ひらひらのスカートが似合いそうなのに、女子の中で一人、制服にズボンを選んで。今はもうない足の痛みを抱えてて。

なのにどうしてあの子は、あんな風に、にこにこ笑っていられるのだろう？　誰とでも仲良く、感じよく、愛想良くしていられるのだろう？

僕には到底無理だ。にこにこなんてできない。世の中を恨み、憎み、そんな自分を嫌悪する、絶対に。

尊敬と畏怖と憧れと、その他色々複雑な思いをこねて丸めた僕の感情は、どうした化学反応を起こしたか、いつの間にか、〈恋〉と呼ぶしかないものに変化していた。

そうと自覚したとき、僕はうろたえ、悩んだ。どうしていいか、わからなかった。ひたすら彼女に会いたくて、会いたくて、連日塾の自習室に通った。

彼女に再び会えたのは、エレベーターで秘密を打ち明けられてから、一週間後のことだった。

ミエちゃんは僕を見るなり、満面の笑みで近づいてきた。

「この間は、どうもありがとう」

弾む口調でお礼を言われる。

前回は二人とも授業が入っていて、あのまま別々の教室に別れてしまっていたのだ。僕は緊張で冷や汗をかきながら、ずっと用意し続けていたセリフを口にした。

「だっ、大丈夫？　もう、痛くない？」

へどもどしつつ、ようやくそれだけ言う。

「うん、全然平気」

そう言って、ミエちゃんはまた笑う。それから部屋の中を見回した。

その日は自習室の利用率が高く、席は八割ほど埋まっていた。

「ここ、坐(すわ)ってもいい？」

ミエちゃんが僕の隣の席を指差すのに、慌ててこくこくうなずいた。

ミエちゃんは水色のリュックからテキストやノートを取りだし、早速数学の問題に取りかかった。僕もまた、自分の問題集に視線を戻したものの、彼女がいる方の右半身がかっと熱くなり、彼女の髪をかき上げるようなちょっとした仕種や、ほのかに香るシャンプーの香りや、ノートに走らせるシャーペンの音や、ごくごくかすかな吐息や……とにかく何もかもが、気になって仕方がなかった。耳だけでなく、五感のすべてをそばだてて、細く鋭く研ぎ澄まし、ほんのわずかな〈何か〉をあまさず受け止めようとするあまり、全身を強張らせている。もちろん、勉強になんてなるはずもない。

我ながら、馬鹿じゃないかと思ったし、ふとそんな自分を客観視して、羞恥(しゅうち)のあまり死にたくなったりもした。けれど僕のレーダーは、ミエちゃんを完全に捉えて放さない。僕の体を操る心は制御不能に陥って、オーバーヒート寸前だ。

実際、ほんの十五分ばかりの間に、心身ともにクタクタになってしまった。あまりにそちらばかりを見ているとバレバレになってしまうので、顔を傾け、サイドの髪で視線を隠しつつ、横目を駆使して彼女の様子を窺(うかが)う。すると髪の毛のすだれ越しに、ミエちゃんが同じ問題のところで苦戦しているのがわかった。シャーペンでノートをトントンしたり、小声で「うーん」とつぶやいたりしている。

「……あ、あの、もしかして、その問題、行き詰まってる？」

数分の葛藤の末、今、初めて気づいたという風を装い、低い声で尋ねた。ミエちゃんはびっくりしたようにこちらを見て、こくんとうなずく。

幸い、数学は得意課目だ。僕は最低限の小声と筆談とで、その問題の解き方を解説してあげた。うんうんとうなずきながら聞いていたミエちゃんの顔が、ふいにぱあっと輝き、さらさらと数式を書き始めた。そして「どうだ」と言わんばかりに僕を振り返る。

正解だった。

僕が人差し指と親指で丸を作ると、ミエちゃんはにっこり笑い、口の動きだけで「ありがとう」と言った。

このささやかなやり取りだけで、僕は青い空の彼方まで跳び上がるほど、嬉しくなった。生まれて初めて、生まれてきて良かったと心から思った。

残念なことに、僕はその後、授業が入っていた。後ろ髪引かれる思いで彼女に小さく手を振り、立ち上がる。するとなぜか彼女も着いてきて、自習室を出てから話しかけられた。

「さっきはどうも、ありがとう。おかげで、すっごくよくわかった」

「そ、そう？」

焦った僕は、またどもる。ミエちゃんは軽く自分の右膝に触れ、言った。

「私ね、これのせいでしばらく学校に行けなかったから、みんなよりだいぶ勉強が遅れちゃっているの。ここで頑張ってるのは、その遅れを取り戻すためなんだ」

「そうだったんだ……」

少し考えればわかることだったけど、僕はそんな事情には気づけずにいた。あれだけミエちゃんのことばかり考えていたのに。

「それでね」とミエちゃんは続ける。「受験以前に、とにかくみんなと同じところまで追いつけないとって、焦ってたんだけど、ね。私、数学が全然ダメで、困ってたの……もし、迷惑じゃなかったら、また教えてもらってもいいかな？」

「もちろん」前のめりな勢いで、僕はうなずいた。「迷惑なんて、全然、そんなことないから。いつでも言ってきて」

待ってるから、とつけ加えたかったけれど、気恥ずかしくて止めた。色々いっぱいいっぱいで、限界だった。

この一件で、ミエちゃんとの距離は、確実に近づいたと思う。

が、このまま一気に仲良くなれるようなら、長年ぼっちなんてやっていない。

僕は初対面や、二度と会わないであろう人とは、比較的普通にしゃべることができる。対して、毎日顔を突き合わせなければならないクラスメイトなんかは、だいぶ苦痛だ。そしてもっとも苦手なのは、こちらが好意を持っている人間なのだ。

嫌われることを恐れるあまり、ひどくぎこちなかったり、よそよそしかったりするらしい。結果、「なんだこいつ」となり、本当に嫌われてしまう。過去にはそんな黒歴史がいくつもあった。

今回ばかりは、それを繰り返してはならないと、強く思った。今までは、相手から嫌われたと知ったとき（あるいはそう思ったとき）、失望すると同時に、心のどこかでほっとしてもいたのだ。ああこれで、致命的に傷つくことは回避できたのだ、と。なまじ仲良くなった後で嫌われるのは、何より辛い。ならば、一人ぼっちの方が全然マシだ……仲良くなりもしないうちから、そんなことを思っていた。要するに、対人関係から全力で逃避していたのだ。

だけどミエちゃんだけは、話が別だ。

彼女は「迷惑じゃなかったら」と言っていた。僕のいつもの態度を貫いていたら、「あ、迷惑なのね」と思われるに決まっている。

それを回避するためには、きょどろうがどもろうが、こちらからせっせと話しかけていくしかない。といって、空気が読めなかったり、焦って妙なことを口走ったりして嫌われてしまっては元も子もない。デリケートかつ難度の高すぎるミッションである。

幸い、ミエちゃんは喜怒哀楽のはっきりした女の子だった。

雨の日、水たまりを走った車のせいで盛大に水を浴びちゃったと、ぷんぷん怒っていたり。この間の模試の結果が散々だったよーとがっかりしていたり。僕に教わったところが学校のテストで出たよと浮き浮き報告されたり。感情が、ごく素直に表に出てくるタイプだから、僕としては非常にありがたかった。まるでおでこにお天気マークを常に表示しているみたいな子だったから。そしてまずたいていの場合、彼女の天気は雲一つない晴天だった。たとえそれまでテストの点が悪かったことを嘆いていても、次の瞬間にはもう、にこにこの笑顔になっているのだ。

こうして僕たちの距離はどんどん近づいて行った……と言いたいところだけど、実際はそんなことはなかった。原因はほぼ、僕の方にある。彼女に会ったら話しかける言葉を一生懸命考えて行って、いざ、会いました、「こないだの模試、どうだった？」と話しかけました。「散々だったよー」と返事が返ってくる。そこで、僕の思考はエンストしてしまうのだ。

「そっか、僕もだよ」という返事を思いつくまでには、不自然なほどの空白が生じてしまい、既にその時には彼女はさっさと自分のテキストを開いていたりする。会話のキャッチボールにはある程度の訓練だか慣れだかが必要なのだろうが、僕にはその経験が、致命的にないのだ。だからいつまで経っても、僕たちの間はあくまで、単なる顔見知りの域を出ることはなかった。

ミエちゃんに関することで、僕がもっとも知りたかったのは、フルネームでも誕生日でも自宅の住所や電話番号でもなかった。もちろん、それらも喉から手が出るほど欲しい情報だったけれど、それよりもさらに重視しなければならないのは、彼女がどの高校を受験するか、だった。

ミエちゃんと同じ高校に通いたい……それが、僕の切なる願いであり、まさに希望だった。

けれどその希望は、いともあっさり打ち砕かれることになった。

ある日意を決し、ごくごく何でもなさそうな風を装って（成功していたかどうかはわからないけれど）、「第一志望ってどこ？」と聞いてみたら、ミエちゃんは満面の笑みでこう答えたのだ。

「萌木女学園附属高校！」と。

聞いた瞬間、天を仰ぎたくなった。

よりによって女子校である。僕には絶対無理だ。

現実はいつだって厳しい。お話みたいに、トントン拍子ってわけにはいかないのだ。同じ高校に行けさえすれば、可能性はあると踏んでいた。そうすれば自動的に、ただの顔見知りから友達に格上げ決定だろうから。それからじっくり僕のことを知ってもらえればいいと思っていた。もちろん、彼女に相応しい人間になれるよう、あらゆる努力は惜しまないつもりだった。ミエちゃんが僕のことを、「特別な人」と思ってくれるよう、どんなことでもするつもりだった。そうすれば、チャンスはゼロではない……そう自分を鼓舞していたのだ。

だけど今、そのルートはあっさり断たれてしまった。

僕は焦った。塾なんて、色んな理由で突然辞めてしまうこともある。そうなったら、もう二度と会えなくなるかもしれないのだ。

——後悔したくない。

焦燥に駆られるあまり、僕の中の回路がどこか、おかしな具合にショートした。おそらく、冷静な判断を下すために重要な部分が。

タイミングが悪いことに、それからしばらくミエちゃんに会えずにいた。その間も、急いで仲良くならなきゃと思い詰め、焦り、悩んだ。

そうして僕は、久しぶりに彼女に会えたとき、一足飛びにミエちゃんに愛の告白をしてしまったのだ。

「好きです、付き合って下さい」と。

息せき切って追いついてきた僕に、いきなりそんなことを言われたミエちゃんは、当たり前だけど絶句していた。その表情は、信じたくないことだけれど、怒っているようにも見えた。

痛いような空白の時間の後、彼女はぽつりと言った。

「――ごめんね。無理なの」と。

それまでおおむね暗かった人生だったけれど、これは致命傷だった。この出来事は決定的に僕を打ちのめした。

世界が終わればいいのにと思った。巨大隕石が降ってきて、南極の氷が瞬時に溶けて、すべての大陸が海に呑まれて、その後大爆発が起きて、地球そのものが散り散りに砕け散ればいいのにと思った。

けれど当たり前の事ながら、残酷な日常はそれからも普通に続く。

僕はそれきり、塾へ行けなくなってしまった。

ちんちくりんの器に相応しい、中身の乏しさ、しょぼさだと、我ながら思う。

小さいことが悪いわけじゃない。体に相応し、心までが小さく弱く卑屈になるのが問題なのだと、頭ではわかっている。

でも、どうしたって思わずにいられない。

雲つくような、大男だったら良かったのに。筋肉の鎧(よろい)に覆われた、身も心もタフな男だったら良かったのに。そうすれば、世界はどんなにか、違って見えていただろう。

……現実の僕は、満員電車の中でさえ、簡単に溺れ、潰され、流される。初めて心から好きになった女の子は、僕の事を好きにはなってくれない。

勇気なんて、出さなきゃ良かった……。

ただただ、そう思う。女々しく、思う。

あんなふうにはっきりと拒絶されてなお、ミエちゃんのことが好きだった。会いたくて、たまらなかった。未練は断ち切れないまま凍りつき、僕の心臓をも凍らせた。

それからは、死んだも同然の日々だった。僕は大切なことを諦め、投げ出した。高校受験だって、そんなでうまくいくはずもない。結局行くことになったのは、「これなら公立の方がまだマシだったんじゃないのか？」と思ってしまう学校だった。だから、高校の三年間も、最悪だった。何ひとつ考えず、希望も持たないまま、ベルトコンベアに載せられた品物みたいに附属の大学に進んだ。それは単に、最悪の三年間が、さらに四年、期間延長したに過ぎない日々だった。大学最後の一年などは、半引きこもりの状態で、ロクに授業も受けていない有様だった。

そうしてついには、理事長じきじきに呼び出される羽目になった。卒業が困難な学生達が集められ、面談を受けなければならなくなったのだ。

目の前に、重厚なドアがある。そこから一人の学生が出て来て、次に僕の名が呼ばれた。

た。

「綾部桃花さん。どうぞお入り下さい」と。

僕は聞こえるか聞こえないかくらいの声で「ハイ」と応え、ドアのノブに手をかけた。

3

神様は、わりとちょくちょく間違える。

僕はたとえて言うなら、うっかり砂糖壺に詰められてしまった塩だ。容器が違っていたばっかりに、なんだこりゃと顔をしかめられ、ぺっとばかりに吐き捨てられる。面と向かって、何で甘くないんだとなじられる。でも僕にはどうしようもない。だって僕は、塩なんだから。

僕が自分の性別について、違和感を覚え始めたのは小学生になってからだ。でもその前だって、何かおかしい、おかしいとは、思い続けていた。

幼児の頃には、選ぶことなく、ただ与えられていた。まったく欲しくもないままごとセットや人形やぬいぐるみを贈られて、仏頂面をしていてよく叱られた。まったくこの子ったら、ほら、ちゃんとお礼を言いなさい、おじいちゃんおばあちゃんに、おじさんおばさんに。親戚からはたぶん、愛想のない、可愛げのない子供だと思われている。

男の子の友達がもらった変身ベルトや格好いい剣や拳銃が、死ぬほど羨ましかった。どうして自分はそれがもらえないのか、まったくもって不可解だった。フリフリのピンクのスカートなんて、馬鹿みたいだと思った。

物心が付いてから、僕が自分で選ぶおもちゃも服も常に男児用で、大人からは微妙な顔をされることが多かった。一応両親からは「桃花(ももか)は男の子っぽいものが好きなんだ」と認識してもらえたけれど、それでも母は僕にひらひらのワンピースを買ってきたりした。嫌がる僕に母はひどくがっかりしたような顔をして、どうしようもなく罪悪感に駆られたのを覚えている。

小学生になり、男児用の服を着て、意気揚々と空色のランドセルを背負った僕を、クラスの男児は「オカマだ」と囃(はや)し立てた。正しくは「オナベ」なのだろうが、そんなボキャブラリは小学生男子にはない。だが、僕は子供心にも、うすうす気づき始めていた。馬鹿男子たちが僕をからかう言葉が、正確ではなくとも、さほど的を外していないことを。

不幸なことに、僕の外見は、どこからどう見ても「可愛いくてちっちゃい女の子」そのものだった。女子の中にいてさえ小柄な体に、ぱっちりした二重の目に長いまつげ。細く薄い眉に、優しげな輪郭。

「せっかく可愛いのに、もっと可愛い服を着なよ」と同級生の女の子達からは散々言われた。それを頑なに固い口調で断り続けているうちに、いつしか女子の友達はいなくなった。もともと、彼女達とはまったく気が合わなかったし、興味の対象も違っていた。けれど男子は僕を、はっきりはじき出した。男と女、どっちの仲間にもなれないコウモリ人生の始まりだった。

最悪なのは外見だけじゃない。名前もだった。誕生日が三月三日で、桃花。どこからどう見ても、女の子の名前だ。

クラスにヒカルちゃんという女の子がいたことがあるけれど、羨ましくてたまらなかった。ヒカルだけじゃない、カオルとかユウキとか、男女どちらにも使われる名前はけっこう多い。なのに、よりによって桃花。逃げようもなく、どう誤魔化しようもなく、女の子の名前だ。

一度、なんでこんな名前にしたんだと、親に抗議したことがある。結果は、父を怒らせ、母を哀しませただけだった。

中学に入るとき、制服のボトムが選べることを知り、散々悩み、迷った末にズボンを選択した。スカートなんて、死んでもはきたくなかった。それなりの覚悟はしていたつもりだが、思っていた以上に、いじりやからかいの対象となった。僕は五感を鈍磨させ、心の中にシャッターを下ろすことで、半ば溺れかけるようにではあっても、どうにか日々をやり過ごしていった。

だから、僕と同じようにズボンをはいているミエちゃんを見たときには驚いた。彼女は僕と違い、とても明るく幸せそうに見えた。それもまた衝撃で、彼女のことが知りたくてたまらなくなった。髪もショートにし、持ち物にも可愛いものなんて何ひとつない僕と違い、彼女はあまりにもちゃんと女の子だった。空色のリュックも、彼女に似合っていて可愛かった。

おそらく僕は、最初っからミエちゃんに恋していたと思う。けれどその思いが一気に強くなったのは、彼女のズボンと、そこに隠された足の秘密を知ってからだ。

切り落とされて、もうない足が痛むと彼女は言う。

彼女の痛みは、僕の痛みだ。

もしかしたら、それはとんでもない傲慢な思いなのかもしれない。僕は曲がりなりにも五体満足な体を持っているのだから。

だけど、僕の本来の体は、この世のどこにもないと思っている。心とあまりにもかけ離れた偽物の体を抱えて、永遠の痛みとともに、それでも僕は生きていくしかないのだと。

小学生の頃から僕は父のパソコンを使い、自分のことをある程度は把握していた。

ＬＧＢＴという略語は、当時からちらほら耳にするようになっていた。レズビアン、ゲイ、バイ、そしてトランスジェンダー。僕の場合は明らかに、そのお終いのＴである。体の性と自認のそれとが一致しないのだ。その中でも僕は、Female To Male（女性から男性へ）、略してＦＴＭと呼ばれるパターン。体は女性、心は男性なのだ。

中学入学時の制服選びでは、親とひと揉めあった。小学生までは、短髪に男子の格好を（半ば諦めからでも）容認してくれていた両親が、僕の選んだズボンを良しとしなかったのだ。女の子が一人、こんな格好をしていたら、きっと苛められると。それは全くその通りで、だから両親の言い分は正しい。だけど僕はどうしても引けなかった。その場はいったん家に帰り、僕は号泣しながら親に自分はＦＴＭなのだと訴えた。

おそらく両親も、うすうすは何かおかしいと感じていたのだろう。すぐさま心療内科に連れて行かれた。その後、別の心療内科を紹介され、医者やカウンセラー相手に話をした。

正式な診断が下るまでにはかなり時間がかかったけれど、両親はそれを待たず、制服の件は許容してくれた。どちらを選んでも辛いだろうけれど、それならば、桃花がしたいようにしなさいと。学校側とも、何らかの話し合いが行われたらしい。

両親には、感謝している。あの人達は、僕に女らしさを押しつけることも、こんな僕を否定することもしなかったから。申し訳ないとも思っている。僕に関して言えば、女の子を持つ喜びも、男の子を持つ喜びも、持ちようがなかっただろうから。ごくごくノーマルな姉がいたのがせめてもの幸いだ。

診断の過程で、一度、産婦人科を受診させられた。僕のようなパターンで、調べてみたら実際に体も男でした、あるいは両性具有でしたというケースも稀にあるらしいのだ。

どうかそうであってくれと、心から願った。もしこれで、遺伝子的には男性でしたと判明すれば、性別適合手術を受けられるし、戸籍の性別変更だってできるのに。その場合、名前の変更だって容易だろう。けれども、残念なことに体はやはり、正真正銘の女性だった。

その屈辱的かつ無意味だった受診の結果、もう一つ別に、子宮機能不全であるとの診断が下った。ＦＴＭには通常よりも多く見られるらしいが、やはり、体と心はある程度連動しているということだろうか。将来子供を望むなら、その際は治療が必要だと言われたけれど、僕自身に子供を産むという望みなんてあるはずもない。

他のどんな望みも、持つことさえできずにいるというのに。

ミエちゃんとの出会いは、地獄にすうっと降りてきた、きらきら光るひと筋の糸だった。

僕は彼女に対し、一人称を『僕』で通していた。自習室でしか会わないこの子なら、特に疑わず男子として接してくれるかもしれないと思っていた。一度、勇気を出して『ミエちゃん』と呼んでみたら、『そう言えば、あなたの名前は?』と聞かれて、咄嗟に『太郎』と名乗っていた。桃花――桃太郎からの連想だったけれど、その後、タロくんタロくんと呼ばれる度、幸福のあまり有頂天になった。

絶対に嫌われてはいない自信があった。もしかしたら好かれているんじゃないかと思った瞬間もあった。

すべて、思い上がりの、独り相撲に過ぎなかった。

「無理」だと彼女に拒絶され、ひと筋の光が差し込んでいた世界も、再びもとの真っ暗闇になった。

色んな事が、どうでも良くなった。自分の性別はおろか、最低限のアイデンティティーでさえ、曖昧(あいまい)に揺らぎ、心許なくなっていった。

そして僕は中三の秋、初潮を迎えてしまった。

今の女子としては、かなり遅い方なのだろう。精神力で押しとどめていたものが、肉体にあらがえず、ついに決壊したように思い、悔しさに泣けてきた。心がどんなに必死で拒否しようとも、体はどんどん女性のそれへと成長していく。

絶望は、加速するばかりだ。

僕は懸命に勉強をしたつもりだ。でも、足りなかったのだろう。希望していた共学の私立には、ことごとく振られてしまった。私立向けの受験勉強をしていたから、今さら公立を受けるとなると、かなりレベルを下げなければならない。それだけは、嫌だった。小学校中学校で、僕をからかい、嗤(わら)ってきた連中と同じ高校に行くことだけは。

その時、担任から勧められたのは、萌木女学園附属高校の追加募集だった。

聞いた瞬間、ありえないと思い、だけど次の瞬間にはこう閃いていた。

——ミエちゃんに、また会える、と。

全然、諦められていなかった。嫌になるくらい、未練タラタラだった。未だに、会いたくて、会いたくて、夢に見るほどだった。

こうなったらもういっそ、女の子として生きようか……。そう思った。

僕が自分の器としての性を認められないから、軋轢(あつれき)が生まれる。周囲を戸惑わせ、混乱させる。僕が男としての自分を押し殺し、外見上の性に合わせさえすれば、周りの人たちは皆、安心して、平穏でいられるのだ。

いったんそう考えてしまうと、自分が男性であると主張し続けるのは、とんでもない我儘(わがまま)で、ただの迷惑行為であるような気がしてきた。

そうか、僕さえ心を葬って、我慢してさえいれば、すべては丸く収まっていたんだ……。

……。

そうして僕は、自分を殺すことにした。

萌女附属に入学するにあたり、僕は短かった髪を伸ばし始めた。買ってもらった制服は、もちろんスカートだった。両親は何か言いたそうではあったけれど、明らかにほっとしている風でもあった。やはり僕の選択は正しかったのだと思った。

高校に入ったら、さりげなくミエちゃんの前に姿を現し、そして言うのだ。

「あのときはごめんね。ちょっとした冗談だったのよ」

「冗談って言うか、好きなのはほんとだよ。友達として、仲良くなってくれると嬉しいな」

これで完璧だ。ミエちゃんに拒否られた僕はもういない。全部、無かったことになる。そうしてまた、ミエちゃんと仲良く話し、きっと笑いあうことだってできる……。

——絶望と希望とがない交ぜになったまま入学した高校に、けれど目指す女の子は在籍していなかった。

もう、笑ってしまうしかない。実際には、笑う気力も残っていなかったけど。

僕は僕を、殺してしまった。残っているのは、偽物の器としての、女の体だけ。

砂糖壺は、空っぽだ。

4

本来なら社会人になっているはずの四月、僕は萌木女学園の寮に押し込められていた。

その三月で大学は閉校することに決まっていた。にもかかわらず、卒業できなかった女学生たちを宿泊施設にひとまとめにして、特別補講を行うことになったのだ。

当然、僕にとってはぞっとするような話だった。まず、集団生活が駄目だった。しかも長期にわたる合宿状態である。

一番嫌なのは、皆と一緒に入浴しなければならないことだ。心が男なら、それって天国じゃね？　などと思われるかもしれないけれど、大間違いだ。筋金入りの変態か、犯罪者でもない限り、異性の全裸に囲まれて、自らも裸だなんて、ただの苦行でしかない。人の体を見るのも後ろめたければ、自分の体を見られるのも絶対に嫌なのだ。

小学校の修学旅行は風邪をひいているからと入らずに済ませ、それ以降はすべて仮病を使ってドタキャンし、切り抜けてきた。今回はもう、どうしていいかわからない。

そのことは、最初の面談時に角田（かくた）理事長に訴えはした。もちろん理由は話さずに。

理事長はさも困ったと言いたげに自らの禿頭（はげあたま）をぺちぺち叩き、『ああ、まあ、そのことは考えてみましょう、一応ね』と、いかにも適当な感じで片付けられてしまった。

だから不安しかなかったのだが、入寮初日、理事長の私室にその件で呼ばれた。

「あなたが心配していた入浴の件ですがね、やはり時間的にも、大浴場を一人で使わせるのは難しいです。管理者として、最後にガスを止める必要がありますが、見ての通り年寄りですからね、あまり夜遅くになるのもこちらの身がもちません」

ああこれは、我が儘言わずに大浴場に入れという流れかなと絶望していたら、角田理事長は少し申し訳なさそうな顔をして言った。

「それでですね、シャワースペースでしたら個別に内鍵もかかりますし、いいかなと思ったんですが、やはり湯船に浸からないと疲れが取れ」

「あ、シャワーでいいです」

かぶせ気味に僕は言った。本当に、それで充分ありがたかった。理事長は「そうですか？」と語尾を上げて言い、更に続けた。

「それから、個室でないと嫌、というのは却下です。単純に、部屋数が足りません」

「……ですよね」と僕はうなだれる。

基本、二人一室だとは知らされている。これはもう、相手が着替えているときにはそっぽを向くかうつむくかして、こちらはこそこそ着替えるしかない。今までの、体育の授業でそうしていたように……。

そんなことをぼんやり考えるくらいの間があった後、理事長は小さな咳払いをした。

「……それともう一つ、確認したいことがあるのですが……」

「……ハイ」

「あなたは中学二年の時、塾の自習室で、〈太郎〉と名乗ったことはありますか？」

うつむいたままだった僕は、驚いて顔を上げた。

「〈ミエちゃん〉という少女のことを、覚えていますか？」

重ねて問われ、僕はかすれた声で叫ぶように言った。

「なんで、そんな名前を……」

問い返しながらも、うっすら思い当たることがあった。

三月に大学の理事長室に呼び出された際、僕は机の上に置かれた写真立てを見て、思わず声を上げたのだ。

『ミエちゃん』と。

大好きだった少女の姿がそこにあった。

理事長は怪訝（けげん）そうな顔をしてそれを手に取り、『これは孫娘のミソノちゃんですよ。可愛いでしょう？』とでれでれした笑顔で言った。

確かによく見てみれば、女の子は小学生くらいで、僕が知っているミエちゃんよりも幼い。第一彼女は今は僕と同じく二十二歳になっているのだから、ミエちゃん本人のはずはない。

とは言え、あまりにもよく似ていて、動揺のあまり、いつも以上にきょどってしまった。

今、仮の理事長室となっている和室の机の上に、あのときと同じ写真立てが置いてある。それを手に取り、角田理事長は以前と同じように言った。

「この子はミソノちゃんです。美しい園と書きます。美しい学園、まさに萌木女学園のような……」滔々（とうとう）と言いかけて、理事長はふと声のトーンを落とす。「友達の中には、名前を音読みして、ミエンちゃんというニックネームで呼んでくれる子もいたみたいですね。それを耳にしたんでしょう、かつて美園をミエちゃんと呼ぶ人間が一人だけ、いたそうです。美園が言っていた〈タロくん〉とは、あなたのことで間違いありませんね？」

念を押すように問われ、かすかに僕はうなずく。ただ、理事長が何を言っているのかは、ちゃんとは理解できていなかった。混乱する僕を落ち着かせるように、理事長は柔らかな微笑を浮かべた。

「――あなたは、いわゆる性同一性障害だったんですね。勝手をして申し訳ないですが、親御さんにも確認を取らせていただきました……今まで、辛い思いや、哀しい思いをたくさんしてきましたね。それを乗り越えて、よくぞここまで大きくなりました。

がんばりましたね」

理事長の言葉の途中から、僕は溢れる涙をどうすることもできずにいた。

今まで、親以外、誰にも言えずにいたのに。なのになぜ、理事長が僕の痛みに直接触れてくるのだ？

「……大きく、なってないです」

思わず漏れていたのは、そんな言葉だった。

乗り越えてなんていないし、大きくだってなっていない。身長百四十五センチのＦＴＭなんて、お笑い種だ。

ネットやテレビで堂々と顔をさらしている〈彼ら〉は、すらりと高い身長に、タレントみたいなイケメンぶりだ。どう努力したって、どうあがいたって、僕は本物の男のようにも、ＦＴＭの〈彼ら〉のようにもなれない。マイノリティの中にもランクが存在するなら、僕はさしずめその底辺だ。

「身長のことを言うなら、私だってチビですよ」

と理事長はなぜか胸を張る。

「でもそれは男性としては、で……自分は、女性としてもチビです」

「それなら私はハゲですよ。それに、ここだけの話、痔を煩っています。コンプレックスは誰にもあるもので、あなたが抱えた問題とはまた別のことでしょう」

「それは……そうなんですが」

ボソボソ応えながら、僕は苛立つ。

今、しなければならない話は、チビでもハゲでも、まして痔のことでもない。

「角田先生」僕はようやく、まっすぐに相手を見て言った。「ミエちゃんは……美園さんは、どうして萌女附属に入学しなかったんですか?」

私立である。仮にも理事長の孫娘が、試験で落ちるとはとうてい考えられない。まして萌女附属は、二次募集を募るくらいには、志望者数が落ち込んでいたのだ。

理事長は僕を見返して、またかすかに微笑んだ。

「美園はね、千鶴に……あの子の母親に言っていたそうですよ。秘密の内緒話でね。塾の自習室に、カッコ可愛い男の子がいるんだって。一見素っ気ないけど優しくて、頭も良くって、いい人なのよって、嬉しそうに言っていたそうです」

「……でも、告白したら、『無理』って……」

そう言いながらも、僕の中には奇妙な喜びがこみあげていた。

女だとバレたから、気持ち悪がられ、嫌われたんだと思っていた。だから、立ち直れないほどに絶望した。

男子だと思われていて、それで拒絶されたのなら、それは単純にどんな男にも起こりうる、普通のことだ。絶望ではなく、せいぜい失望レベルの。

「好きだと言ってくれたそうですね」微笑んだ顔のまま、理事長は言った。「あの子は間違いなく、嬉しかったと思います。ただ、タイミングが悪かった。ちょうどその日、病気の再発を告げられていたのです」

「……病気……再発……」

先刻からずっと、じわじわしみ通るようだった、嫌な予感。エラー音。非常事態を報せる、けたたましい鐘の音。

「骨肉腫です。今は患部を切断せずに済ます治療法も確立されてきていますが、あの子の場合はそれは叶いませんでした。そして……昔よりは、生存率も上がってきています、が……」

そこで初めて、理事長は僕から目を逸らし、うつむいた。

僕は呆然と、目の前のハゲ頭を見、机の上の写真を見、そして古い畳のへりを見る。そこへ、水滴がぽたぽたと落ちては滲む。

「……美園は言っていたそうです。あのときは、心が折れちゃってて、他のことを考えられなかったの、と。そして入院してからも、折に触れ、言っていたそうですよ。今は付き合うのは無理だけど、良くなって、退院したら、タロくんにちゃんとありがとうって言って、今度は自分から告白するんだって」

もうよしてくれと、懸命に思った。お願いだから、それ以上言葉を紡がないでくれ、と。

哀しみで、心が押し潰されそうだった。耳に入ってくる理事長の言葉は、あまりにも哀しくて、痛くて、残酷で……。

——そしてこの上なく、甘かった。

5

部屋に帰って真っ先にやったのは、荷物からハサミを取りだすことだった。文具用の、先が丸まったちゃっちいハサミだ。それを駄目にする勢いで、背中まである自分の髪の毛を首元でざくざく切っていった。

これは自分の迷いとの、決別だった。

男になりたいと願い、けれど決して男にはなれず。ならば女でいようと思ったものの、やっぱりどうしても心がついていかずに、僕はずっと、ヤジロベエのような不安定さで揺れ続けていた。迷いと惑いの迷宮の中で、ただずっと苦しみ、悩み、もがき続けていた。

選ぶことが怖くて。といって選ばずにいることも苦しくて。

ようやく、決めた。一人の女の子が、そっと僕の背中を押してくれたのだ。

僕を一人の男の子として、好きになってくれた女の子がいた……その事実だけで、僕はきっとこの先、歩いて行ける。

両思いになんて、一生なれないと思っていた。

レズビアンの女の子や、バイの女の子なら、もしかしたら僕を好きになってくれることもあるかもしれない。けれどそれでは、嫌だった。女だから、男じゃないから、好かれたいわけじゃない。ただの、一人の男として、普通の女の子と普通の恋がしたかった。平凡で、普通の幸せが欲しかった。

だけどそんなことは、到底不可能な無い物ねだりだから……。

僕の絶望の根っこには、常にそれがあった。僕はただ一人きりで、生きづらいこの世界を、とぼとぼ歩いて行かなければならない。

ずっと、そう思ってきた。

砂糖壺は今、空っぽだ。ラベルを貼り替えようがどうしようが、砂糖壺は砂糖壺で、今からそれに何を満たしていけばいいのか、そもそも満たせるだけの何かがあるのか、僕は未だ、途方に暮れている。

だけど——。

だらだらと下ってばかりいたような人生で、少なくともこの瞬間、今いるこの場所だけは、平坦だと思う。階段の途中にある踊り場に過ぎないとしても、ようやく息を継げたように、痛み苦しみは和らいだ。

この先、うんざりするような長い年月を生きねばならないとして、少しは上ることもあるのか、あるいはまたさらに下っていくのか、それはわからない。

けれどせめて、今だけは……。

この狭苦しくも貴重な踊り場で、ダンスを踊っていられたらと思う。

今はもういない少女の手を取り、それぞれが己に望む完璧な姿で……。

僕があの子をリードして。華麗なステップに、軽やかなターン。二人とも、心からの笑みを浮かべて。

そんな夢を見ていたいと、心の底から願う。

——今だけは、どうか。

惑星Xからの侵略

松尾由美

松尾由美（まつお・ゆみ）

石川県生れ。１９８９年『異次元カフェテラス』でデビュー。『バルーン・タウンの殺人』で注目を集める。「ハートブレイク・レストラン」「ニャン氏の事件簿」シリーズ、『九月の恋と出会うまで』など。近著は『嵐の湯へようこそ！』。

部活が休みの水曜日、煙草屋のところの角を曲がると、だらだらした下り坂の途中に寺岡トクヤが立っていた。

半ズボンからのぞく脚で地面に釘をうったみたいに、ぼくの行く手に立ちふさがっているので、どうしたってこちらも立ちどまらないわけにはいかない。

そういうわけで向かいあいながら、こんなに間近でトクヤを見るのはひさしぶりだと思う。すぐ近所に住んでいるから、姿を見かけないわけではないけれど。

そのわりには大きくなっていないような気がする――小学一年生だった二年前とそう変わっていないか、むしろ小さくなった気さえするのは、こちらがそれ以上に大きくなったせいなのだろう。

それにしてもトクヤの出現はどこか不自然だった。あたかもぼくが学校から帰ってくるのを待ちぶせしていた、そこの電柱の陰にでも隠れてようすをうかがっていたみたいに。

「あ、ナオくん。ひさしぶりだねえ」

口をとがらせてそんなことを言う態度も、ずいぶんわざとらしい。

「何か用？」

「用っていうより、ちょっと聞いてほしいっていうか」

トクヤはためらったあと、心を決めたようにぼくの顔をのぞきこみ、

「実は、相談したいことがあるんだ」


立ち話もなんだから——ということらしいので、ぼくの家の先にあるちっぽけな公園で、ベンチにでもすわって聞くことにする。

二人で移動するあいだ、トクヤは何もしゃべらず、ぼくのほうもかける言葉も思いつかない。

二年前の春から今ごろまで、トクヤといっしょに朝の通学路をたどっていた。小学校まで十分くらいの道には特別危険な箇所もないが、トクヤのお母さんは心配だったらしく、「しばらくいっしょに行ってほしい」うちの母を通じて、当時六年生のぼくに頼んできたのである。

そのころは二人で歩きながらそこそこ話した。学年が離れていても、同じ学校に通っていれば、何かと共通の話題があったのだ。

そうじゃない今、黙って歩きながら、相談というのはいったい何なんだろうと考える。

まあ、小学三年生の言ってくるようなことだから、たいした話ではないだろう。ぼく自身をふり返っても、難しいことなど何も考えていなかったし。じゃあ今は難しいことを考えているのかと言われそうだが、そんなことはない。さいわい学校も平和でこれといった悩みもない。

とはいうものの、ただ、毎日何となく落ち着かない。

急に背が伸びた体もしっくりこない服のようだし、今の自分がどんなやつでこれからどうなっていくのか、まわりからはどう見えるのか、などなどがつねに頭の中で渦を巻いているような気分。

ネットで自分の名前を検索して、同じ「宮原尚人（みやはらなおと）」という大学の先生――政治学を教えているらしい――や、ピアノの全国大会で優勝した小学生――二年前の記事だから同い年かもしれない――の存在を知り、「ふうん」と思ったりする。

そういう目ざましい人たちとくらべて、自分が何もしていない、何をしたいのかさえわからないのが恥ずかしいような、いっぽうでそれで悪いかと開き直るような気持ちもあって、何しろとにかく落ち着かない。

そんなぼくに相談をもちかけるとは、いったいどういう料簡（りょうけん）なのか。ちょっと考えたけれど何も思い浮かばず、面倒になって考えるのをやめる。どうせ数分後にはわかることだし。

しかし、あとで判明したトクヤの相談ごとというのは、ぼくがその時考えつづけたとしても、とうてい思いつくような中身ではなかったのだ。

「昨日、電話がかかってきたんだ」

公園のベンチに小さなお尻を乗せ、細い脚を前に投げだして、トクヤは話をはじめた。

「うちの電話が鳴って、ぼくが出た。お父さんとお母さんはアメリカだし、お祖母ちゃんは買い物に行ってたから――」

「それはいいけど、誰からの電話?」

「宇宙人」

「はあ?」

ぼくはすっとんきょうな声を出す。誰でもそうする、たったひとつのリアクションだろう。

「いきなり『わたしは宇宙人です』って言ったの?」

「その前に『寺岡トクヤくんですね?』って」トクヤは大まじめに応じる。

「それから自分のこと、ある星から地球に来てる宇宙人だっていう話をした。『急にそんなことを言っても、たぶん信じられないでしょうけれど』って」

そりゃあそうだ。たしかに、その通りにちがいない。

「『そこを何とか信じてもらうために、あなたが探しているもののありかを教えてあげようと思います』そう言ったんだよ」

「探しているもの――」

「『小さな亀の形のお守りをなくしたのではありませんか?』」

「何それ?」

「ぼくがランドセルにつけてたやつ」トクヤは説明する。「一センチくらいの大きさの。緑色の石でできてる。いつの間にか紐が切れてて、学校でも家でも探したけど見つからなくてあきらめてたんだ」

その口ぶりから、トクヤにとって大事なものだということがわかる。何かいわれがあるのか、それともただ気に入っていたのか。

「そのことを、宇宙人が――」

「『庭の垣根の竹を、よく見てごらんなさい』って。『入口から数えて三番目の』」

「で、見てみた?」

「うん。受話器をそのままにして見に行った。そしたら本当にそこにあったんだ。竹のくぼんだところの中に」

石でできた小さな亀が、垣根の竹の切り口と節のあいだに落ちこんでいた。そういうことらしい。トクヤは喜んで電話のところへ駆けもどったのだろう。

「お礼を言ったら、『それはさておき、わたしのほうから、あなたにお願いがあります』」

「お願い？」

「『とても大事なことなので、直接会って話したい』って。『ただし大人は抜きで、彼らは頭が固くて、こちらの話を理解してくれないでしょうから』」

「つまり――」

「木曜の晩、『ボンシック』の隣の空き地のところに来てほしいっていうんだ」トクヤは急に早口になる。「つまり明日だよね。夜中の一時だから日付が変わって、あさってになるけど」

妙に厳密につけくわえるが、そんなことより、

「で、承知したの？」

「うん」

「そりゃまずいよ。小学生が、そんな夜中に――」

「そう、そこを、宇宙人も心配してくれたみたい」相手の善意を信じきった顔でうな

ずきながら、「でも人目につくと困るから、どうしても夜遅くになってしまうって。それで」

「それで？」

「『ひとりでは心細いでしょうから、年上のお友達といっしょに来てはどうですか』わざわざそう言ってくれたんだよ」

トクヤがぼくを誘い出した魂胆がようやくわかった。

「大人じゃない、年上の友達。それってナオくんくらいじゃない。ぼくからすれば」

トクヤにしてもぼくのことを「友達」とまでは思っていないはず。けれども「宇宙人」の言葉に一番近い存在を探すとしたらぼく、そういう感覚なのだろう。

「だから、いっしょに行ってくれる？」

トクヤはベンチの上でこちらへすり寄り、まっすぐぼくの目を見てたずねてくる。

「いや、だけどさ——」

「ぼくにお願いがあるって、真剣に言ってたし。悪い人じゃない、ちがった、悪い宇宙人じゃないと思うんだ」

「亀のお守りを見つけてくれたから？」

「それだけじゃなく、声の感じというか」

「どんな声だったの？」ぼくはそこが気になった。「アニメの宇宙人みたいな？　それとも人間っぽい普通の声？」

たずねてみると、トクヤはあいかわらずまじめくさった顔つきで、

「普通の、女の人みたいな声」そう言った。「子供じゃないけど、おばさんでもない」

小学三年生にとっては大ごとだけど、中学二年にもなれば何でもない、少なくとも大した話じゃないものごとというのはある。

夜中に出歩くなんていうのも、その中のひとつだ。新宿とか渋谷とかじゃなく家の近所、歩いていける範囲なら。

ぼく自身もこれまでに、寝静まった家を抜け出し、コンビニに行ったりしたことはある。

ぼくの住んでいるあたりは郊外の住宅地で、マンションより一戸建ての家が多い。夜のそのくらいの時間になれば人通りも、車通りもほとんどない。

繁華街みたいに怖い大人がうろついているわけでも、幹線道路沿いのように暴走族が飛ばしたりするわけでもない。

トクヤの言った「ボンシック」（年配のお客さんが多い美容院）の隣の空き地といえば、五分とかからない場所だから、そこまでぶらぶら歩いても特に問題はないはずだった。

危ないことなんてないはず。そこへトクヤを呼び出した「宇宙人」が、何かよこしまなことをたくらんでいないかぎり。

その可能性については、ぼくもさんざん考えた。

気になるのは、トクヤの住んでいる家が近所でもひときわ目立つということ。広い敷地に立派な松の木があり、母屋のほかに土蔵まである。お金持ちなのだろうと、悪いやつが思ってもおかしくない（実際、以前母から聞いた話では、かなりお金持ちらしい）。

電話の「宇宙人」が、そんな家のまだ小さい息子を選んで声をかけてきたとしたら、目的はどんなことがありうるだろう。

その子を誘拐して、身代金を取ろうとするとか？

そう思いついた時はあせったけれど、少し考えると、だとしたらいろいろとおかしいのにも気がついた。

小学生を誘拐したいなら、宇宙人なんていう奇抜な作り話で夜中に呼び出すより、ほかに方法があるのではないか。学校から帰るところを呼びとめ、もっと普通の――お母さんが入院したみたいな話を聞かせるとか。

もちろん、それでは人目につくからと、夜中に呼び出す誘拐犯だっているかもしれない。そうするにあたって宇宙人を名乗るかもしれない。

いくら小学三年生でも、そんな話を信じるとはかぎらない——信じるのはあんまり賢くない子か、または賢すぎて考えが突飛な方向へ行ってしまう子くらいという気もするが、ともかく、現にトクヤは信じたのだ。

だからそれはいいとして、呼び出す時に「心配なら年上の友達を連れてきたら」なんて、わざわざすすめるものだろうか？

それにもうひとつ、場所のことがある。美容院「ボンシック」を通りすぎて一分ちょっと歩くと少し大きな道にぶつかり、向かい側には交番があるのだ。

いくら何でも、交番から二分以内の場所というのは、誘拐現場として「なし」だろう。

もちろん、電話してきたのが本物の宇宙人なら「交番」や「警察」がどういうものか理解していないかもしれないが、まさかそんなことがあるはずもない——

などと、トクヤの話を聞いて以来、ぼくはつらつらと考えた。

公園のベンチで、「いっしょに来て」と頼むトクヤについうなずいてしまった。押し切られただけでなくぼく自身の好奇心もあったが、いっぽうで不安もあった。

それでも翌日トクヤをつかまえて約束を取り消さなかったのは、今言ったようなことをぼくなりに考えた結果だったのだ。

木曜の晩——または金曜の未明——家から抜け出し、トクヤの家に迎えにいった。門の内側で待っていたトクヤは、さすがに緊張した顔つきだった。夜は冷えるからというつもりなのか、半ズボンではなく長いズボンをはいている。

あたりはもちろん暗く、それだけなら夜のもっと早い時間だって同じはずだが、暗さが濃いみたいな気がする。濃くて重い、そんな暗さが水のようにひたひたと満ちた中、二人ならんで歩きだしながら、

「亀のことだけどさ」

しんとした周囲に響かないよう抑えた声で、トクヤの頭のてっぺんに向かって言った。

「トクヤがランドセルにつけてたやつ」

「うん」

トクヤも同じような声で応じる。

「垣根の竹の中に落ちてるのを、『宇宙人』が教えてくれたっていう話。そんなに真剣に取らないほうがいいよ」

それを教えてもらったことで、トクヤの中に「宇宙人」への信頼が生まれた——相手が親切で、かつ特別な存在だと思うようになったはずだから、釘をさしておこうと思ったのだ。

「超能力とか、そういう話だと思ってるかもしれないけど、トクヤが落とすところを誰かがたまたま見てた——たったそれだけの話かもしれないんだから」

年上らしく言って聞かせるぼくに向かって、

「いや、ナオくん、それはおかしいよ」

トクヤは低いがはっきりした声で、意外にも言い返してくる。

「だって、あんなに小さいものなんだから、遠くからじゃ目につかない。それも道路に落ちたとかじゃなく、垣根の竹の中にすっぽり入っちゃったんだから。落ちる瞬間、すぐそばで見てないかぎりわからないはずだよ。ぼくが何か落としたっていうのも、それが亀だっていうのも。だからナオくんの言うのはおかしい」

ぼくは言葉につまった。たしかに一理あるような気がする。トクヤの家の庭の垣根、門をくぐった敷地内の話なのだ。

「落ちたあとは真上からのぞきこんで、ようく見ないとわからない。たまたま通りかかったくらいで気がつくはずがないんだよ」

「いや、でもさ」

ぼくは苦しまぎれに言ったが、実のところ、その先をつづけるあてはなかった。

今のトクヤの発言は一見もっともだが、どこかに穴があるはずなのだった。あるにちがいない。でなければ——

などと考えているうちに、「ボンシック」という色あせた看板が目にとびこんできた。

その先にあった地区の集会所が、老朽化で取り壊され、新しいものが建つという話はあるけれど延び延びになっている。

今のところはただの空き地、簡単な柵と立ち木に囲まれ、隅には青いシートをかけた廃材が置いてある。そんな場所だったが――

柵の開いたところから入ると、街灯の光がかろうじて届く木陰に「宇宙人」が立っていた。

銀色のレオタードみたいなものの上に、銀色のショートパンツを重ね、銀色の手袋をした右手をごつい銀色のベルトに当て、銀色の長いブーツをはいた左足を一歩前にふみだして。

銀色の布――通販で売っているアウトドア用品に似ていなくもなかった――をマントみたいに肩にひっかけ、まっすぐな長い髪は焦茶色だが、その上にかぶったヘルメットはやはり銀色、両側にアンテナ状のものがついているけれど、自転車用のヘルメットに適当な何かをくっつけたようにも見える。

何しろ変な格好、けれどもそれがそれなりにさまになる、細くてスタイルのいい女の人だった。若い女の人、十九歳か二十歳くらいだろうか。

化粧も変で、長く引かれたアイラインの上のまぶたは銀でべったり塗られ、白っぽく光るピンクの口紅をつけている。どちらかといえば丸顔だけど、いわゆるタヌキ顔ではなく、しいていえば猫に似ていた。

そんな女の人が、立ちつくすぼくらの顔をながめ、

「寺岡トクヤくんと、お友達ですね」

普通の女の人の声——ただしちょっとだけ棒読みみたいな、ロボットっぽくも聞こえる声で言った。

「こんばんは、来てくださってありがとう。わたしのことはマーリンと呼んでください。もちろん本当の名前ではありませんが、地球風の呼び方ということで」

そんなことを言われても、「こんばんは、マーリン」なんてトクヤもぼくも言うわけにはいかず、黙っていた。おそらくは二人とも口をなかば開いて。

夜中の空き地でぼくらを待っているのが、こういう人物だとは予想していなかった。ではどんな予想をしていたのかと言われれば困ってしまうが、ともかく、こういう人物じゃないのだけはたしかだった。

「実は」

相手は真剣な、とはいえどこか余裕のある表情で、ぼくらの顔を順番にながめ、

「電話でも言いましたが、トクヤくんに折り入ってお願いがあるのです」

「お願いって、何ですか」

トクヤが言った。蚊の鳴くような声で、それでも意味の通る言葉を口にしたトクヤを、ぼくは大したものだと思っていた。

ぼくのほうは、完全に圧倒されていたから。相手の思いがけない若さや突飛な衣装——その一部は手作りらしい安っぽさと、にもかかわらず堂々とした態度に。

マーリンと名乗る「宇宙人」の姿は空き地の薄暗がりの中で輝くようだったし、それはかならずしも衣装や化粧の銀色のせいばかりではなかった。

そして、そんなふうに圧倒されて、いやむしろ呪縛にかかったようでさえいなければ、ぼくがトクヤをさえぎって「それより前に」と言うはずだった。いったいどういうつもりですか。宇宙人だと言い張るなら、何か証拠を見せてください、そんなようなことを。

「時間がないので、手短に」

あいかわらず余裕たっぷり、かすかにほほえみめいたものさえ浮かべながら、彼女はぼくらにそう言った。

「宇宙は広く、知性をもった存在はあちこちにいます。そしてその中には、この地球を侵略しようと狙っている、いわば邪悪な宇宙人がいるのです。

銀河のかなたの星、あなたたちには発音が難しいので、惑星Xと呼ぶことにしましょう」

惑星X。その響きのばかばかしささえも、ぼくの呪縛を解くことはできず、ぼくは黙ったままでいた。トクヤのほうはかすかな声で「地球を侵略？」とくり返し、「そうです」彼女はトクヤに向かってうなずく。「X星人たちは侵略をたくらんでいるだけではなく、すでに尖兵を送りこんできているのです」

「本当ですか？」

「そう、証拠もあります。あなたたちもきっと思い当たるのではないでしょうか」

彼女は銀色のブーツをはいた足の一方から一方へ体重を移動させて、「ここしばらく、テレビのニュースなどで、ひどい事件の話を聞くことが増えたと思いませんか。同じ地球人が起こしたとはとうてい思えないような」

そう前置きし、ぼくらが聞き知っているいくつかの事件に淡々と触れていった。どれも本当にひどい話で、しかも今年か、せいぜい去年に起こったことなのだった。

かたわらでトクヤがすっかり引きこまれているのが、顔を見なくてもわかった。そして彼女が語るいきさつをあらためて聞けば、それも無理はないような気がする。ぼくでさえ信じたい気持ちにかられたのだから。本当だったらどんなにいいか。あいうひどい事件が、われわれとは別の邪悪な存在のしたことで、そいつらを追い出しさえすれば二度と起きないのだとしたら。

「そういうのが、悪い宇宙人のしたことなんですか?」トクヤは念を押す。「人間に化けて?」

「そういう場合もありますが、たいていは地球人が、彼らに心を操られて起こしているのです」

「ああ――」

まだ小学三年生のトクヤが、心の底から出るような悲痛なため息をつく。

「そして」彼女はつづける、「わたしたちが地球にやってきたのは、この邪悪な侵略者、X星人を撃退するためなのです」

「撃退できるんですか?」トクヤが飛びつくように応じ、

「ええ、そのための兵器もあります。ただしそれを据えつける場所――安全で邪魔の入らない、いわば基地が必要になり、それで」

ここで彼女はいくぶん口調をあらため、

「お願いというのはそのことなのです。トクヤくんの家には土蔵があるでしょう?」

首をかしげると、長い髪がさらさらと銀色の胸元で揺れた。

「あれこそ、理想の場所なのです。空間的な座標といい、建物の頑丈さといい」

「ちょっと待って」

ここに至って、ようやく口がきけるようになったぼくが言葉をはさむ。

「何だか勝手なことを言ってるけど――」

「もしかすると、よけいな心配をなさっているかもしれませんね」

彼女はぼくをさえぎって、というより、ぼくなどそこにいないような調子で、トクヤに向かって身を乗り出し、

「誤解のないよう言っておきますが、兵器といっても弾丸を発射するわけでも、光線や放射線のたぐいを発するわけでもありません」

熱をこめて語るうちに、薄っぺらなマントが体の前にずり落ちてくる。

「しいていえば一種の波動でしょうか。地球人にはこれといったダメージもなく、建物を傷つけることも、中にあるものを壊すこともありません」

「ちょっと待ってくださいってば」

「使わせていただく期間もごくわずかです。攻撃は一度か、せいぜい二度。それでじゅうぶんな効果をあげられるはずですから」

「だから、ちょっと――」

「もちろん、あくまでもお願いで、無理にと言うつもりはありません」

彼女は言葉を切ると、マントを肩にはねあげ、銀色の手袋をした腕を組んで、今度はトクヤとぼくの顔を順番に見た。

「それからまた、今すぐというつもりもありません。われわれとしては、約二週間後

が潮時だと見ています。X星の記念日があり、それに合わせて彼らが大掛かりなことをたくらんでいるようなので。

われわれの攻撃もその直前を予定していますから、しばらく考えてくださってかまわないのです」

「ナオくん――」

トクヤが相談するような、許可を求めるような口調でぼくの注意をひいた。

言いたいことはだいたいたい見当がつき、ぼくは常識的な言葉を口にしようとした。たった四文字「やめとけ」と。

ちょうどその時、ぼくらの頭のうしろから音が聞こえたのだ。ゴロゴロ……と、長く尾を引く雷の音。

今にも降り出しそうなさしせまった響きに、トクヤもぼくも反射的にうしろの空を見上げた。

そして、数秒後に視線を戻すと、「宇宙人」はそこにいなかった。

あたりを見回しても、どこにもいない。立ち木と柵で囲まれた空き地から――出口はぼくらのうしろなのに――いつの間にか姿を消していたのである。

そのあと、トクヤを家まで送りながら、できるかぎりの誠実さをこめて、いくつかのことを言って聞かせた。

何より、あの「宇宙人」の言葉を、くれぐれも真に受けないこと。亀のありかを教えたり、突然姿を消したりは、ちょっとしたトリックを使えばできることで（具体的には思いつかなかったけれど）、彼女が不思議な能力を持つ存在ということにはならない。

どう考えても普通の人間で、それが宇宙人のふりなんかして近づいてきたからには、人間くさい何かをたくらんでいると思うべきだと。

何かを盗もうとしている、というのが、ぼくの印象だった。ぼくの中で「誘拐犯」から「泥棒」に転職したわけだ。けれども、

「でもね、ナオくん。泥棒が狙うようなものなんてあそこには何もないんだよ」

ならんで歩きながら、ぼくの顔を見上げ、トクヤは教えさとすように言うのだった。

あの土蔵は昔、トクヤのひいお祖父さんが呉服屋をしていた時に、高価な反物をしまってあった場所らしい。お祖父さんの代に商売をやめてからは、ふだん使わないものやかさばるものを置いてあるだけ、値打ちのある品などひとつもないという。

その証拠に、一応鍵がかかっているが、その鍵は家の中のどこかのひきだし――トクヤにさえ手にとれる場所に無造作に置いてあるらしい。

「それはわかったけど」とぼく、「だとしても、知らない人間をむやみに出入りさせ

るものじゃない」

「そうだよね」とトクヤ、「もちろん、普通の人間なら——」

「宇宙人でもだよ。いや、宇宙人なんかじゃないよ。とにかくだめ、お父さんやお母さんが承知するはずがないし」

トクヤの両親は親戚の結婚式に出るためアメリカに行っていて、日曜に帰ってくるという。

両親が帰ったら今日のことを話すように、ぼくはそう念を押した。今留守をあずかっているお祖母さんには黙っていてもいいけれど。というより、あのおとなしいお祖母さんにそんな話を聞かせたら、ショックで気絶してしまうかも。

「もし、お父さんたちが帰ってくる前に何かあったら——あいつがまた電話してくるとか、そういうことがあったら」

ぼくはトクヤに自分の携帯の番号を教え、

「何も約束したりせずに、かならずぼくに連絡して」

「わかった。そうする」

トクヤは真剣そのものの顔でうなずき、愚かにも、ぼくはそれを信じたのだった。

電話がかかってきたのは、それから二日後——土曜から日曜になった未明のことだった。

「もしもし、ナオくん?」

　ぼくはふとんの中でまぶたをこすり、

「あ、トクヤ?　どうしたの?」

　押し殺してはいるが、トーンの高い声に、不穏な気配を感じながら応じる。

「うちの土蔵のことだけど、マーリンがね」

「マーリン?」

　一瞬考えて、あの「宇宙人」のことだと気がついた。

「電話があった?」

「そうじゃなく、うちに来て、合図をした。それで、今夜なんだって」

「何が?」

「だから、X星人たちを攻撃するって、この前言ってたじゃない」

「はあ?」

「うちの土蔵を使いたいっていう話。二週間後って言ってたけど、予定が早まって、今夜でないといけないんだって」

「それで?」いやな予感がした。「もちろん、断ったんだよね?」

「そんなわけにいかないよ。だってあいつらが地球を侵略――」トクヤはもどかしげに、「とにかく、ぼくが鍵を開けて、今装置を運びこんでるところ」

「ちょっと待って。すぐ行くから」

ぼくはトクヤの言葉の途中でベッドを抜け出し、携帯を肩と耳のあいだにはさみながら、ズボンに足をつっこんでいた。

音をたてないようドアを開け、家から抜け出す。両親はぐっすり眠っているようだった。トクヤのお祖母ちゃんもきっとそうだろう。


トクヤの家へ行き、土蔵のほうへまわる。扉が開いて明かりがつき、トクヤがひとりで立っていた。

「宇宙人は？」

「今、ちょっと。すぐ戻ってくるって」

この土蔵に入るのははじめてだ。古い家具や旅行鞄など、置いてあるものはたしかにうちの物置と大差ないそこで、ぼくはあらためていきさつをたずね、トクヤはぽつりぽつりと話した。

窓ガラスに何かがぶつかる音で眠りからさめ、下を見ると「マーリン」が立っていた。普通のコート姿でヘルメットもかぶっていなかったが、銀色の手袋とブーツで、すぐに彼女だとわかったという。

出ていったトクヤに、ぼくが聞かされたような話をし、トクヤは言われるまま土蔵を開けてやって、それからぼくに電話した。

「しょうがないな」ぼくは舌打ちし、「それで、運びこんだ装置っていうのが――」

天井の高い土蔵の一隅に、いかにもそれらしいものがいくつか並んでいた。

全体に銀色で、奇妙な曲線を描く針金や大きなアンテナがくっついているが、基本的には箱型の装置。見たことがないようでいて、見慣れた何かにあれこれの装飾をほどこしただけという気もする。

どれも巨大というわけではないけれど、ひとりで、それも女の人が運ぶのは難しそうだ。

「あれを、彼女が?」

「もうひとりの宇宙人と二人で」

もうひとりとは、トクヤによれば、普通の人間の男のような服装と外見らしい。

そんな話をしていると、足音が聞こえ、「マーリン」が土蔵に入ってきた。ヘルメットもかぶって先日と同じ姿、銀色のマントがいくぶん皺(しわ)になっているのは、少し前まで上にコートを着ていたせいだろう。

彼女はぼくを見て「ああ」という顔をし、軽く会釈してから、

「突然のことで申しわけありません。先方の動きが活発になり、気象そのほかの条件

も整いましたので、今夜、X星人殲滅のための攻撃を行います」

レオタードの胸を張り、ぶっそうな言葉をさらりと口にした。

「前にも申し上げた通り、地球人にとって危険はありません。ただし」トクヤのほうを見て、「注意事項を書き取ってほしいので、ノートと鉛筆を持ってきていただけますか」

トクヤは従順に母屋のほうへ向かい、「宇宙人」と二人きりになったぼくには、この機会に言いたいことやたずねたいことが山ほどあった。

ありすぎて何から口にしていいかわからず、迷っているぼくの顔を見て、彼女はふいに愛想よくにっこりした。突然の表情の変化にぼくがとまどっていると、くるりと背を向け、土蔵の重そうな扉をぴったりと閉ざす。

「あの――」

ぼくは言いかけ、彼女は背を向けたまま、長い髪を両方の耳にかけるようなしぐさをした。

それからこちらに向き直り、またも大きな笑みをうかべて、

「大丈夫ですよ。心配いりません」

そんなことを言いながら、片手をうしろに回して何かの動作をした。

巨大な、けれども形のない何かがぼくに襲いかかってきたのはその時だった。

これまでの人生で聞いたことのない轟音が、意志を持った敵みたいにぼくをとらえ、抵抗するにはその場にしゃがみこんで体を丸め、両耳を手で押さえて、目まで固く閉じるしかなかった。

打ちのめされてしゃがみこみ、両手で頭を抱えて体を丸める。

どのくらいつづいたのかはよくわからない。数分か、それとも数十秒か。

ぼくはもしかしたら半分気絶していたのかもしれない。気がつくとトクヤが顔をのぞきこみ、「大丈夫?」と何度もたずねていた——らしい。

というのは、耳鳴りがひどく、トクヤの声がほとんど聞こえなかったからだ。

「『宇宙人』は?」

トクヤにたずねるが、その自分の声すらろくに聞こえない。返事はさらに聞こえないので、トクヤの持っているノートに書いてもらうことにした。

そんなやりとりを通じてわかったのは、あの轟音が、母屋にいたトクヤには「何か音がしているな」という程度にしか感じられなかったということ。土蔵の分厚い壁には、どうやらそのくらいの効果があるらしい。

戻ってくると土蔵には中からかんぬきがかかり、やがて開いた扉ごしに彼女が「計画は成功しました」と告げたという。侵略者たちにじゅうぶんなダメージを与えることができた、ただし「副作用でお友達の気分が悪くなったようなので、面倒を見てあげてください」と。

そのあとすぐ、ふたたびあらわれた仲間の宇宙人とともに装置を運び出し、自分たちもじきに地球を離れる、もう会うこともないでしょうなどと言い、

「協力してくださって本当にありがとう。あなたに宇宙の神のご加護のあらんことを」

そんなせりふを残して去ってゆき、トクヤはあとを追いたかったが、ぼくが心配なので残ったというのだ。

どうやら、ここに至って、トクヤも少しおかしいと思いはじめたようで、

「もしかしたら、ほんとは宇宙人じゃなかったのかも」

そんな言葉をノートに書いたが、ぼくからすれば、何を今さらという話だった。

「耳はだいじょうぶ？　病院に行く？」

トクヤはそうも書き、ぼくは首を振って「たぶん大丈夫」と言った。

耳鳴りはほぼおさまり、音も聞こえるようになってきていた――ほんの少しは。

ともかく気がついた時よりましになっていたので、この分なら自然に治るだろう、これから眠って起きればもとに戻っているかも、そんな気がした。

というのが、日曜の未明に、トクヤの家の土蔵で起きたいきさつだったのだ。

結論をいえば、ぼくの耳は自然に治ったけれど、眠って起きてすぐというほど簡単にはいかなかった。

午前中は母に話しかけられてもよく聞こえず、生返事をするしかなかったが、それでも「今日の尚人はようすがおかしい」なんて話にならなかったのは、母にとってのぼくのイメージがそんなもの――「話しかけても生返事ばかり」だったということだろう。

午後はだいぶましになったものの、耳がぼわんとして小さな音が聞こえない感じは夜までずっと残り、「ほとんどもと通り」と思えるようになったのは、もうひと晩眠って月曜の朝になってからだった。

月曜の夕方、トクヤに電話してみた。トクヤは携帯を持っていないから家の電話で、家族をはばかってひそひそ声になるかもしれない。それでも聞き取れるという自信がその時にはあったのだ。

「あっ、ナオくん、大丈夫?」

「大丈夫だよ。それより、あれからどうなった? 何か変わったことは?」

だがトクヤによれば、変わったことなどひとつもないという。

あれから宇宙人の姿を見ることも、電話がかかってくることもない。土蔵についても、旅行から帰ったトクヤのお父さんがスーツケースをしまうために中に入り、特に

何も言っていなかったくらいだから、

「やっぱり、あそこからなくなったものなんて何もないんだよ」

トクヤはそう言いきって、ぼくのほうはどうかとたずねた。目を閉じて耳をふさいでいたあいだに、身につけていたものがなくなったりはしていないか。

これに対してはぼくが「何も」と答えた。そもそもあの時持って出たのは携帯くらい、財布も何も最初から手元になかったのだ。

「でさ、考えたんだけど」ぼくは前置きして、「あの土蔵で、なくなったものじゃなく、増えたものはなかった？」

彼らは何かを盗んだのではなく、逆に何かをそこへ置いていったのではないか。

ぼくがさんざん——昨日一日考えて、寝る前にようやく頭に浮かんだことだが、

「それはぼくも考えた」小学三年生はさらりと応じる。「そう思って見てみたけど、増えたものも何もないんだよ」

「そう——」

「それに、何かを置いていったとしたら、また戻ってくるつもりということになるでしょ？　そうじゃない？」

人の家にこっそり何かを置いていくといえば、すぐ思いつくのは盗聴器とかカメラ。その手のものをしかけたとすれば、普通は——かならずというわけじゃないにしろ

――あとでそれを回収にくるはず。

「だけど、帰っていった時の宇宙人たちは、何だかさばさばしていたんだよ。『もう会うこともないでしょう』ってぼくに言ったけど、本気で言ってる感じだった」

だとすれば、用はすんだ、彼らは目的を果たしたということになる。

それにそもそも、盗聴器だのカメラだのを土蔵にしかけるというのもおかしな話で、人の出入りがたまにしかないそんな場所より、置くとすれば母屋のはず。

「『宇宙人』が母屋に入った可能性はないの？　ぼくが見てないもうひとり、男のほうは、途中どこにいたかわからないんだよね。荷物を運びこんだ時と、運びだした時のあいだは」

「無理だよ」トクヤは言下に応じる。「玄関にちゃんと鍵をかけたから。当然そうするよ。あんな夜遅くだし、お祖母ちゃんがひとりで寝ていたんだもの」

だとすると、何が目的だったというのか。「宇宙人」たちは、いったい何がしたかったのか。

二人のうち女のほうは、突飛な仮装と作り話で、なかなか賢いところもある小学生を一時期はすっかり騙し、中学生のぼくにも一種の魔法みたいなものをかけた。

トクヤの家の土蔵に入りこみたかった、それだけはたしかだと思う。けれどもそこでしたことといえば、アンプやスピーカーのたぐいを持ちこみ、とんでもない轟音を響かせただけ。

　ぼくを半分気絶させておいて、土蔵にあるものを盗むわけでも、何かをあとに残すわけでもなく、持ちこんだ機材だけを回収して姿を消した。

　真相を知りたい気持ちはトクヤにもあるにちがいなく、電話の声も熱心だった。それはそうだ。いったんは「宇宙人」の言葉を信じ、心から協力を申し出た以上、それなりに傷つきもしたはず。

　けれども電話の終わりがけに、両親のアメリカ土産のことを話すトクヤの口調からは、ぼくのほうが傷が深いという気が何となくした。

　そしてそれは、ぼくのほうだけ肉体的ダメージを受けたことのせいとはかぎらない。そんな気もするのだった。


　それから二日がたった、部活が休みの水曜日。

　煙草屋のところの角を曲がると、だらだらした下り坂の途中に、制服姿の女子高校生が立っていた。

　反対側の塀の上にいる黒猫をながめているのかと思ったら、ぼくのほうを向いて、ためらわず声をかけてくる。

「宮原尚人くん？」

どういうことかと、ぼくは相手の顔をまじまじと見た。

そして、わかった。

それと同時に、変な化粧をしていないほうがずっとかわいいと思った。

そして彼女のほうには、ぼくが考えていることが全部わかったにちがいなかった。彼女が誰かわかったことも、素顔のほうがかわいいと思ったことも。

とはいえ、変な化粧をしている時でさえ、彼女はかわいかった。そして小学生ではないぼくが、X星人だの侵略だのの話を信じることはないにしろ、決定的な横槍を入れないままつきあったのは、結局そのことのせいなのだった。

彼女の話に騙されたのではなく、彼女という存在に惑わされたのだ。

「このあいだは、本当にごめんね」

あの「宇宙人」と同じ声だが、普通に人間らしいしゃべり方で、ぼくの顔をのぞきこむようにして言う。身長はぼくより少し低いけれど、ずっと大人っぽい彼女が、よければ近くにあるファミレスへ行かないかと誘った。

「あの時のお詫びをしたいと思って。それから、説明も」

ファミレスの白いテーブルをはさんで向かいあった彼女は、まず自己紹介した。沢井真琳と名乗り、「真実の真と王へんに林」と教え、高校二年だと言った。

そのあとメニューを開いて差し出し、「好きなものを頼んで。おごるから」と言ったけれど、家では夕食が待っているのだから、しっかり食事をするわけにもいかない。

「お腹がすいてないんだったら、パフェとか？　この苺のやつなんかおいしそうだよ」

ぼくはすすめられるままに、特に食べたいわけでもないパフェを注文し、彼女も同じものを頼む。

「それで――」

しばらくの沈黙のあと、ぼくがぎこちなく切り出すと、

「本当にごめんね」彼女はまた言って、「要するに、人違いだったんだ」

「最初から話すね。わたしには妹がいて、きみと同じ中学二年。小さい時からピアノを習っていて――わたしも昔はやってたけど、妹はかなり真剣につづけてて、先生のすすめでコンクールに参加したりしてて。

そういうところで時々いっしょになる、同じ中二の『宮原尚人』っていう男の子がいて、小学生部門で全国優勝したこともある腕前なんだって。だから最初は『上手だな』、そのうちにだんだん、その子本人のことを『いいな』と思うようになった。

それで、アドレスを訊いてメールするようになって、思い切って告白したんだって。

そしたら『つきあってもいいよ』と言われて、何回かデートもして」

結構な話じゃないか。ぼくは内心そう思い、長いスプーンでアイスクリームをすくいながら、黙って聞いていた。

「ところが」と彼女、「その宮原には、高校生の彼女がいるっていうのがわかって」

「えっ、そうなの？」

「そう。同じ先生に習ってる、音大付属の一年生」彼女は長い髪を揺らして勢いよくうなずき、

「そういううわさを聞いて、本人に確認したら『その通りだ』って、しかも『何が悪い』っていう態度だったって。

その彼女は年上だからいろいろ教わる感じ、妹に対しては自分のほうが上でいられてそれはそれで楽しい。だけどあくまで高校生のほうが本命で別れるつもりはない、それがいやだというならおまえと別れる。そんなことをぬけぬけと言ったというわけよ」

彼女はパフェのてっぺんの生クリームをすくって口に運び、

「妹はわたしにその話をして、泣いて、もちろん自分はいやだから別れるしかないって。姉のわたしの気持ちはわかるでしょう？」

「はあ——」

「それでね。その話を聞いた時には、妹や宮原の出るコンクールの地区予選が二週間後に迫ってたわけ。

妹は泣きながら練習したりして、わたしとしては、こんなのは間違ってると思ったわ。宮原のほうはしゃあしゃあとして、楽々予選を通過するんだろうと。

その時、そうじゃなかったら面白いな、と思いついたのよ。もし、かつては全国優勝までした宮原が、地区の本選にすら進むことができなかったら」

ここに至って、話の筋道がだんだんぼくにものみこめてきた。

ピアノの上手な「宮原尚人」というのは、ぼくが以前ネット検索で見つけたのと同一人物だろう。その記事ではどこか遠くの住所だった気がするが、二年のあいだに、わりあい近いところに引越してきたのだろう。

その「宮原」から妹がひどい扱いをうけたことに憤慨し、復讐(ふくしゅう)というか、何らかのいやがらせをくわだてた。どうもそういうことらしいのだが――

「だけどわたしは宮原に会ったことがないし、どこの中学とかいうのも知らない。妹から聞き出そうとしたけど、あんまり教えてくれない。あいつのことは話したくない、なるべくなら忘れてすごしたいって感じなのね」

たしかに、それはそうだろう。

「それで困ってるという話をしたら――わたしの、友達というか一年上の先輩にね」

もっともらしい顔で、パフェの上に載った苺をつつき回し、

「その人が『中学二年の宮原尚人なら、うちの弟の同級生にいるよ。名簿で見た』って。

ピアノをやっているかどうかはわからないっていうけど、学年も、名前の漢字も同じ『宮原尚人』が、同じ市に二人もいるとは思わなくて——」

それで、人違いをしたというわけか。

「その先輩の情報をもとに、このへんへ下見に来て、宮原くん——つまりきみのことを調べた。

家に入っていくきみの姿を見て、こいつが例のチャラ男か、今に思い知らせてやるとか思ったり。

近所をぶらぶらしてて、土蔵のある家を見て『どうにかしてここを使うことはできないか』なんて考えたり。土蔵といえば、推理小説で、よく事件の現場になってるでしょう。密室殺人とか」

しれっとした顔で、かなり危ないことを言う。

「その家の子供が亀のお守りを道に落としていった時には、こっそり拾ってとっておいた。あとで何かの役にたつかもと思ったからね。

土蔵の家の奥さんと、きみのお母さんが立ち話をするところも見た。『うちのトク

ヤは、今でもしょっちゅう、ナオくんナオくんって言ってるんですよ』とか何とか。自分でも執念深いと思うけど、何度もこのあたりへ来て、それやこれやの材料を集めた。それをもとに、シナリオを書き上げたわけなのよ」

「それが――」

かわいい顔をしているくせに、自分でも言う通り執念深く、頭が悪くはない――むしろいいほうだろうが、どこか明らかに発想がおかしい。そんな彼女の書いたシナリオというのが、

「題して、『惑星Xからの侵略』」

あくまでもまじめな顔のまま、長いスプーンを振りたてて彼女はそう言い、

「言っておくけど、きっかけはあのトクヤくんよ」と念を押す。「あの子が、図書館から借りたらしい『宇宙のなんとか』という本を持って歩いていたから。

そのシナリオに沿って、まず、トクヤくんの家の垣根の竹のくぼみに、以前拾った亀のお守りを入れておいた。

そして、あの子の家に電話をかけた。番号は電話帳に載っていたからね。

亀を見つけさせたりして信用させ、夜中に空き地に来るという約束をとりつけた。その時『年上の友達といっしょに』と言えば、あの子がきみを頼るのはわかっていたわけよ」

目的はトクヤでも、トクヤの家でもなく、あくまでぼくだった。ただし本来のターゲットは、ぼくと同姓同名の別人なのだが。

「それからは木曜の約束のために、頑張って服や小道具を用意した。買ってくるだけじゃなく、自分で色を塗ったり作ったりもしたけど、今度のことでバイトで貯めたお金が相当減っちゃったな。

ともかく、どうにか『宇宙人』らしくしたつもり。コスプレなんてはじめてで、似合っていたかどうかわからないけど」

それについては、ぼくははっきりと意見を持っていたが、あえて言わないことにした。彼女自身も、何だかんだいって、それなりの自負はあったんだと思う。

「そのあとはわかるでしょう。木曜の夜中に、先輩の車に乗せてもらって」

「車？」

「そりゃそうよ、じゃなければあんな時間に来ることも、そのあと帰ることもできない。

あの空き地できみたちを待って、X星人がどうこう、それを攻撃するためにどうこうっていう作り話をして。

中学生のきみが本気にしないのはわかってたけど、トクヤくんの心をつかめば目的は果たしたことになるから、そこで姿を消すことにして」

「姿を消すって、あれはどうやったの？」

たぶん近くにいた「先輩」が、録音しておいた雷の音を鳴らしたのだろう。それでぼくらの注意を背後に向けた——というのはわかるが、そのあとがわからない。

「すごく単純な話」彼女はまたスプーンを振り回し、「あの空き地には、ブルーシートをかけた廃材が積んであったでしょう？」

「そのシートの中にもぐりこんだ？」

「じゃなくて、その横にうずくまって、用意してきた別のシートをかぶったわけ」

聞いてみればたしかに単純、子供のころ読んだ忍者の漫画に出てくるような話だった。

「ここまでが準備」彼女はパフェの生クリーム、アイスクリーム、苺ソースをぐちゃぐちゃに混ぜ、

「次はいよいよ本番、これは土曜日の夜中と最初から決まってた。コンクールの地区予選があるのが日曜日だから。

この時も先輩の車に乗せてもらって、トクヤくんの窓に石を投げて呼び出した。わたしは石を投げるのがうまいのよ。よけいなことだけど」

たしかによけいな話、どうでもいいことだった。ぼくは黙って話のつづきを聞く。

「トクヤくんはいい子で、わたしの話を信じているから、『予定が早まった、どうし

ても今夜』と言えば承知してくれるだろうと思っていた。

承知して、土蔵を開けてくれた上で、きみに連絡するだろうというのはわかっていた。そして責任を感じたきみが駆けつけてくるというのも織り込みずみ。

そのあとのことは——説明しなくてもいいよね？」

彼女は首をかしげ、悪いと思っているようにも、また甘えているようにも見える目つきで言い、

「だけど、あんな音を聞かせたのはどうして？」

ぼくはスプーンをお皿に置いてその彼女にたずねる。

「ぼくに『思い知らせ』ようとした——人違いでそういうことになったのはわかったけど、どうして『音』なの？」

「最初に言ったでしょう。『宮原尚人』を、コンクールの地区予選で失敗させるためだよ」

彼女は言い、ぼくはしばらく考えてから意味がわかった。

「ああ、そうか。ぼくの耳をおかしくしたかったのか」

「そう。ロックのライブなんかに行ったあと、しばらく耳がおかしくなることがあるでしょう。わたしはある。その日一日くらい、小さな音がよく聞こえなくて、次の日には自然と治って。

『宮原』がそうなればいい、それと同じかちょっと大変なやつになって、コンクールで自分の弾く音がうまく聞き取れなくなればいいと思ったわけ」

「それで――」

宮原を苦しめる道具は、「大きな音」でなければならなかった。そして、

「そのために、場所も、土蔵じゃないといけなかったわけか」

「だって、夜中にあんな音を鳴らしても警察に通報されたりしないのは、プロが使うような防音室か、でなければ土蔵くらいでしょう」

口実を設けてトクヤを母屋へ行かせ、ぼくと二人だけになった土蔵の扉を閉ざし、あの大音量を響かせた。彼女自身はもちろん耳栓をしていたのだろう。

「ちょっと思った以上にすごい音になっちゃったみたいだけど――」そう言うところをみれば、耳栓ごしにもそれなりに響いたのかもしれない。

「大丈夫だった?」ぼくの顔をのぞきこんで、「今話してる感じからすると、大丈夫そうだよね?」

「大丈夫」

ぼくはため息まじりながらも請け合って、彼女を安心させ、

「よかった」彼女はほほえんで苺を口に運び、話の先をつづける。

「そういうわけで、わたしのほうは、意気揚々と自分の家に引き上げたの。あの『宮

原』にひと泡吹かせてやったと満足して。

それから眠って、朝ご飯の時。妹に『今日のコンクール、頑張ってね』と言って、『宮原が失敗したら、いい気味だね』とつけ加えたら、

『わたしはそうは思わない』妹がお箸を置いて、まじめな顔で、正面からわたしに向かって言うのよ。

『宮原くんのことは最低だと思うけど、それと音楽は別で、彼は今日もいい演奏をすると思うし、わたしはそれを聴きたい。その上で、自分も堂々と勝負したい』

そんなことを言うもんだから、妹ながら立派だと感心するやら、わたしはろくでもないことをしちゃったのかもと内心冷や汗をかくやらで大変だった。

でも、妹の応援にコンクールに行ったら、そんな心配はいらなかったのがわかった。『宮原尚人』というのは、わたしが思っていた相手――つまりきみとは、ぜんぜん別人だったんだから」

それは結構なことだ、とぼくは思う。

「ちなみに、宮原の演奏はたしかに素晴らしかった。あれなら全国大会まで進むだろうし、優勝じゃなくてもいいところへいくと思う」

「ああ、そう。それはすごいね」

ぼくはそっけなく言い、彼女もさすがに気づいて、

「宮原くん――きみのほうには迷惑をかけてしまって、本当にごめんね」

ぼくの顔をまっすぐ見ると、神妙な顔でもう一度謝った。

「何も悪いこともしていないのに。あいつとちがって」

「まあ、いいよ。耳も治ったし」

「ごめん。本当に。だから今日はお詫びをしにきたの。といっても、こんなファミレスでおごるくらいのことで悪いけど」

そう言われて、そうか、お詫びとはこれで全部なのか、という気持ちがなくはなかった。

といって、それ以外に何を望むのかといわれれば困ってしまうのだけれど。

「あの男の子――トクヤくんにも悪いと思ってる」彼女は同じ表情のままつづけて、「わたしの話を信じて、悪い宇宙人から地球を救うつもりだったのよね。さすがに最後は疑ってるみたいだったけど、あれからどうしてる？　傷ついてるかな」

「いや、それほどでもないみたいだよ」

子供は傷つきやすいところもたしかにあるけれど、いっぽうで回復力もあって、この場合トクヤのダメージはそれほどでない気がする。

それにしても、こちらの心の傷のことは考えてくれないのだ――と思う。ぼくに関しては、ただ耳の心配をするだけで。

そんなやりとりのあと、どちらからともなく「じゃ、そろそろ」となり、彼女とぼくは席を立つ。

ファミレスの前の道で、彼女はさっきの神妙な顔ではなく、「宇宙人」の時の作り顔でもない、自然な笑顔になって、

「じゃあ、わたしは電車に乗るから」

「ぼくも駅前の本屋に行こうと思ってた」

あわててそう言い、彼女といっしょに歩き出した。

駅まで五分ほどの並木道をたどりながら、ずっと迷っていた。

沢井真琳という名前と、高校二年ということしか知らない彼女に、連絡先を教えてもらうべきかどうか。

でも、たとえそんなことをしても、友達になることすらできないだろう。

中学二年と、高校二年。そのあいだはたった三年だが、トクヤとぼくのあいだの五年と同じか、もっと長い距離があるような気さえする。

何しろ相手のほうは、バイトで稼いだお金で変な衣装を買うこともできるし、たった一年上の先輩が車の免許を持っていてもおかしくないのだ。

もうひとりの「宮原尚人」は高校生とつきあっているというけれど、やっぱり彼に特別な、目ざましいところがあればこそだろう。平凡な中学生にとってはまずありえ

ない、大それたことだと思っていた。

とはいえ、大人になれば話は別で、二十歳とか二十五歳とかになれば、三歳の差なんてどうということもないだろう。

でも、もちろん、そんな先のことはわからない。

今ぼくが彼女を好きだとしても——風変わりだと思い、振り回されたと思い、それを許せるような気持ちが「恋」だとしても、それが何年も先までつづく保証なんてないのだ。

だからぼくは、ぎりぎりまで迷っていた。

テープを巻き取るように、並木道の残りが短くなり、駅前ロータリーがぐんぐん近づいてきて、ゆきかう人や停まっているバスが大きく見え、

「じゃ、さよなら。トクヤくんによろしくね」

とびきり素敵な笑顔で彼女がそう言って、くるりと背中を向け、駅の建物の中に消えてゆくその時まで。

迷探偵誕生

法月綸太郎

法月綸太郎（のりづき・りんたろう）
島根県生れ。1988年『密閉教室』でデビュー。2002年「都市伝説パズル」で第55回日本推理作家協会賞短編部門を、2005年『生首に聞いてみろ』で第5回本格ミステリ大賞小説部門を受賞。著書に、『挑戦者たち』『法月綸太郎の消息』『赤い部屋異聞』などがある。

1

「あのふくろうのことで、多岐川さんに至急お話が」

東都タイムズの土屋記者が電話してきたのは、被疑者逮捕から二日目の午後だった。

先週末、世田谷の自邸で会社社長が殺された事件の犯人である。

異例のスピード解決に世間の耳目が集まっているが、多岐川深青というフリーランスの探偵が謎を解いたことは、捜査本部と報道関係者の一部しか知らない。そのひとりが土屋めぐみで、多岐川は彼女から興味の尽きない取材対象と見なされている。夜討ち朝駆けというより、近頃は押しかけワトソンと呼んだ方が実情に近いのではないか。

「前にも言ったが、ぼくのことを記事にしたいというならお断りだ。警察のメンツをつぶすだけで、何の得にもならないからね」

多岐川が突っぱねると、向こうはもどかしそうな口ぶりで、

「そういう話ではなくて。とにかく今からそちらへうかがいます」

それだけ言って通話が切れた。

せっかちで押しが強いのは毎度のことながら、今日はどこか様子がおかしい。何らかの事情で、送検の手続きが滞っているのだろうか。警視庁の知り合いに電話して聞いてみる手もあったが、それはやめにした。解決済みの事件にいちいち口を出すのはポリシーに反するし、彼の推理には一分の隙もありえないのだから。

犯人の大石三樹夫（おおいしみきお）は、殺された社長の義理の弟だった。スピード解決を誇るどころか、これまでに手がけた事件の中でも、扱いやすい謎だったと思う。犯行に使われたのは木彫りのふくろうの置物で、台座の部分に盗聴器が隠されていた。仕掛けたのは別の人間だったが、犯人はそれを利用して偽のアリバイをこしらえようとしたのである。

目先のトリックを過信した犯行が、致命的な失敗に終わるとも知らずに。

土屋記者はほどなくして、彼のオフィスへやってきた。

多岐川は東中野の古い貸しビルの一室に個人探偵事務所を構えている。職住一体の

質素な暮らしを心がけ、来客を迎えるのも実用一点張りの殺風景な部屋だ。エアコンが古いので、今日みたいな日は、設定温度を目いっぱい下げても暑さに追いつかない。

「どこか涼しい場所に席を移そうか」

「いえ、ここでいいです」

土屋記者は棒立ちのまま応じた。夏ジャケットの上にたすき掛けした鞄のストラップが窮屈そうで、蒸し暑い中を急いできたわりに、血の気が引いた青い顔をしている。ひっつめ髪にしているせいか、普段より目つきが険しく見えた。ふと、眼の端で何かを捉えたみたいに視線が横すべりして、側面の壁に釘付けになる。

「――あの写真、最近貼り替えました？」

いきなり妙なことを言う。多岐川はそっちを見て、首を横に振った。

味もそっけもないオフィスの壁に、眼光鋭いロシア人男性のポスターが飾ってある。壁のシミを隠すために貼ったものだが、顔だけで誰かわかる依頼人はめったにいない。ガルリ・カスパロフという名前を教えても、たいていの客は首をかしげる。

「チェスの世界チャンピオンですよ」

と説明したところで、わかったようなわからないような顔にお愛想笑いを浮かべるのが関の山だ。それでもごくたまに、写真の意味を見逃さない奇特な人間もいる。

「〈深い青（ディープ・ブルー）〉――史上最強のチャンピオンを打ち負かしたＩＢＭのチェス・コンピュー

夕の名前でしたっけ？　だとしたら多岐川さん、あなたは人類最高の知性を上回る名探偵だと自負されているようですね」

そう冷やかしたのは、某事件の調査中に知り合ったばかりの土屋めぐみだった。オフレコの真相を聞かせるため、初めてこのオフィスに招いた日のことである。彼はニヤリとしただけで肯定も否定もしなかったが、それ以来、土屋記者の勘のよさに一目置いて、ワトソン気取りの密着取材も大目に見るようにしている。

ただし彼女が見透かしたつもりでいることは、半分しか当たっていない。多岐川は〈ディープ・ブルー〉と自称したことはないし、オフィスの壁にカスパロフの写真を飾っている本当の理由を明かしても、誰も信じてくれないだろう。その名にまつわる秘密こそ、多岐川深青が絶対誤り（インファリブル）のない名探偵であることの根拠なのだが……。

それと同じ写真を見ながら、今日の彼女はなぜかしきりに首をひねっている。多岐川が否定したのに、どうしてもしっくり来ないようで、まばたきを繰り返したり、見る角度を変えたりして、なかなかポスターの前から離れようとしない。

「何度見ても同じだよ。前と変わらないから」

「気のせいかしら。でもいつもとちがって、なんだか笑っているような」

やはり様子がおかしい。多岐川はじれったくなって、強く出た。

「押しかけてきたのはそっちだろう。急ぎでないなら出直してくれ」

土屋記者はやっとわれに返った。すみません、とつぶやいて鞄を下ろし、ゲストチェアに腰かける。事務椅子をきしませて、多岐川もデスクの定位置に落ち着いた。

「話というのは、大石三樹夫のことだろう。まだ犯行を認めていないのか？」

「完全否認のようですね。記者クラブでも、誤認逮捕を疑う声がちらほらと」

驚くには当たらない。警察はもちろん、報道関係者にも多岐川の介入を嫌うアンチは少なくなかった。

「外野には勝手に言わせておけばいい。ぼくの推理に誤りがないことは、きみが一番よく知っているはずだ。大石が自供するのは時間の問題だよ」

「だといいんですけど、少し気になることが。凶器のふくろうについて、もう一度確認していいですか。多岐川さんの推理によれば、犯人は事前にふくろうの置物を持ち出して、現場を離れた。で、他所でアリバイを確保しながら、証人の目を盗んでふくろうに打撃を加えたわけですよね。台座の盗聴器を壊して、送信をストップするために」

「それが午後十時四十分。受信機のレコーダーに録音された偽（にせ）の犯行時刻だ」

合いの手を入れると、土屋記者は神妙な顔でうなずいて、

「その後、証人と別れた犯人は大急ぎで社長邸へ戻り、仕事部屋にこもっていた被害者をふくろうで殴って殺害。実際の凶行は十一時を過ぎていたはずですが、盗聴器が

壊れているから、もう音声は残らない。盗聴が判明して、警察が受信機のレコーダーを押収・精査すれば、衝撃音とともに送信が途切れた十時四十分が犯行時刻と断定される。遺体の発見が翌朝だったので、死亡時刻のズレは見逃されたという見立てでしたね」

「そうだな。もちろん、盗聴器を仕込んだ風水コンサルタントの鴻池清香（こうのいけさやか）がリアルタイムで通報したら、時間差トリックは成立しない。そこは綱渡りだが、大石は盗聴者の正体に気づいていた。違法行為だから、何があってもスルーすると踏んでいたのさ」

犯行の急所を指摘して、多岐川は余裕たっぷりにあごをしゃくった。土屋記者は伏し目がちにため息をつくと、懸念を払拭しきれない表情で、

「通報の有無は別として、時間差トリックの実行には盗聴器が必須条件でしょう。だけど被疑者は一貫して、その存在を知らなかったと主張しているんです」

「それは嘘（うそ）だ。知らなかったということはありえない」

多岐川はにべもなく言った。

「大石はふくろうの贈り主が鴻池清香だと承知していたし、島崎（しまざき）社長のプライベート情報が筒抜けになっていることも知っていた。エンジニア出身の彼なら、盗聴器の隠し場所を突き止めるのもたやすい。一と一を足せば、盗聴者の正体は明らかだ」

「理屈の上ではそうですが、大石は絶対にちがうと。実際、彼の行動を洗っても、盗聴波の探知機や指向性アンテナを購入した形跡が見当たらないんです」

「市販品ではなく、自作機を使ったんだ。そんな知識があるのは大石に限られる。それだけじゃない。あらかじめ現場の仕事部屋から凶器のふくろうを持ち出す機会があり、なおかつ見かけの犯行時刻である十時四十分に確実なアリバイを持つ人物は大石三樹夫しかいなかった。これだけ条件がそろえば、彼以外の犯行ということはありえない」

多岐川がダメ押しすると、土屋記者は口をすぼめてかぶりを振った。子供がむずかるしぐさを思わせたが、おもむろによそ行きの取材口調に切り替えて、

「揚げ足を取るつもりはありません。でも、本当に犯人はあのふくろうの中に盗聴器があると知っていたんでしょうか？　それと気づかずに、たまたまあの置物を手に取って被害者に殴りかかった可能性を、あらためて検討すべきではないかと思って」

「くどいな。その可能性がないことは、はっきりと証明したじゃないか」

急に部屋の暑さが増したように感じながら、多岐川は語気を強めた。

「犯人の行動には不自然な点がある。きみも現場の様子を見ただろう。あのふくろうは、仕事部屋の吊り棚に飾られていたものだ。頭よりずっと高い位置にあるので、背伸びして両手を伸ばさないと届かない。しかも重さといい形といい、人を殴るには不

向きな代物だ。わざわざそんな品を選ばなくても、現場にはもっとふさわしい道具があったのだから、たまたま手に取ったとは考えられない。犯行は計画的で、犯人は最初からあのふくろうを使うつもりだったということだ。盗聴器の存在を知らなければ、別の手を使っただろう。アリバイ工作以外の目的で、吊り棚のふくろうに手を伸ばす理由はないんだから」

理路整然と疑いの芽を摘んだのに、聞き手の反応は薄かった。どこか具合でも悪いのか、ますます顔色が青みを帯びて、生気のない蠟面(ろうめん)みたいになっている。多岐川を見つめるまなざしも、今まで目にしたことのない憂いと昏(くら)さに満ちていた。

「だからといって、絶対にほかの可能性がないと言い切れますか？」

冷たく刺すような問いに、多岐川は自分の顔が火照っているのを意識した。口の中がカラカラに乾いて、とっさに答えが出ない。

「あのふくろうは、風水コンサルタントの鴻池清香が被害者に贈ったものです。持ち主に幸運を招くアイテムと称して。だとしたら、犯人もそういう呪術的な効果を期待して、あえて実用に適さない凶器を手にしたとは考えられませんか？」

「——まさか」

背中が汗で濡(ぬ)れている。多岐川はやっと声を取り戻した。

「風水の見立て殺人だったというのか」

「ちがいます。それだと計画的犯行になってしまいますから。呪術的な効果といっても、もっとカジュアルな意味です。占いとか今日の運勢とか、そんな程度の」

「そんなのは迷信だ。合理性に欠ける」

口の動きと自分の喋り声が、半拍ぐらいずれている気がした。土屋記者は少しだけためらうそぶりを示したが、もう後がないと腹をくくったように、

「迷信でもそれを信じて、行動の指針にする人はいます。たまたま目にしたふくろうの置物が、とっさの犯行を後押ししたのかもしれません。そう思って念のため、在京のテレビ局各社に問い合わせてみました。先週末に放映された番組で、ふくろうに関する占い情報を取り上げたものはないかって。そうしたらありました。民放の人気朝ワイドが週末の星占いコーナーで、『水瓶座のラッキーアイテム・ふくろうグッズ』という情報を流していたんです。事件の関係者の中で、水瓶座の人物といえば……」

その先はもう聴き取れなかった。耳の奥がのぼせて、土屋めぐみの声が遠のいていく。オフィスにこもった熱が圧力を増し、体の内と外から気道をぐいぐい締めつけた。空気を求めて、彼の肺が悲鳴を上げる。ふいに誰かの視線を感じて、そっちへ顔を向けると、壁に貼ったチェスの世界チャンピオンの写真と目が合った。

カスパロフは笑っていた。その唇が告げる。

「チェックメイト」

そして、世界が一瞬で停止した。

2

目が覚めると、ベッドの中だった。

吐く息の音が犬のように荒い。じっとり寝汗をかいていた。

時刻は午前三時。都内の高級ホテルの一室で、五十前の男がひとりで寝るには広すぎる部屋をあてがわれている。暗がりの中で半身を起こし、呼吸のリズムを整えながら、多岐川はずっと忘れていたあの感覚がよみがえるのをあらためて意識した。

解決に失敗する夢を見るのは久しぶりだった。

最後に覚えているのはもう五、六年前か。それ以前はもっとひんぱんに、数えきれないほど見ていた。多岐川がまだ若く、売り出し中の探偵だった頃には、ほとんど毎晩のように繰り返された夢である。ひどい時は同じ夜に何度もうなされ、そのたびに飛び起きる。覚めたかと思えばそれもまた夢の中で、起きているのか眠っているのか、自分でも区別がつかないまま、朝を迎えるまで果てしない夢のドミノ倒しが続いたりもした。

失敗する夢といっても、いま見たこれと同じではない。数えきれないほど見た夢のそれぞれが全部ちがう夢だった。すべての場面を正確に記憶しているわけではないけれど、多岐川はそう信じていた。ただ、時や場所、出来事の細部が異なりこそすれ、見方を変えればすべて同じひとつの夢だったといってもかまわない。

絶対誤りのない名探偵であるはずの自分が、手がけた事件の解決に失敗する。結末はいつも同じで、一度たりとも例外はなかった。夢に見る事件はさまざまで、いずれも実際に多岐川が依頼を受け、周密精到に真相を明らかにしたものばかりだ。ところが、夢の中ではそうならない。自信満々で組み立てた推理が的はずれであると判明し、失敗を認めた瞬間にチェックメイトが宣告される。

どの夢もそこで断ち切られ、その先はない。

いま見た夢もそうだ。十五年——いや、もっと前の事件だった。夢の中の会話が呼び水になって、実際に起こった出来事を細部まで鮮明に思い出せる。

もちろん、多岐川深青は無実の人間を告発したことなどない。ふくろうの台座に盗聴器が仕掛けられていたことから、真っ先にアリバイ工作を疑ったのは事実だが、はじめに結論ありきの推理ほど危ういものはない。受信機のレコーダーに残された音声を聴き込んだ結果、時間差トリックが用いられた可能性は限りなく低いことがわかった。

実際の犯行時刻は十時四十分で正しく、ふくろうの置物が凶器に選ばれた理由も、盗聴器とは無関係だったと考えるしかない。現場の状況にはそぐわないように思われたが、多岐川は発想を転換して占いの可能性をひらめいた。そこで東都タイムズの土屋記者に頼んで、週末に放映されたテレビ番組のコンテンツを調べてもらい、「水瓶座のラッキーアイテム・ふくろうグッズ」という手がかりを得たのである。

関係者の生年月日を確認したところ、被害者の長女が水瓶座だとわかった。彼女は児童福祉学科の大学生で、父親を殺害する動機は見当たらなかったが、多岐川は慎重に父娘の調査を続け、やがて被害者が非合法の児童ポルノＤＶＤをこっそり買い集めていたことを突き止めた。その事実をぶつけると、長女は事件の数日前に偶然ＤＶＤを見つけてしまったこと、犯行当夜、父親を問いただすため仕事部屋を訪ねたことを認めた。

ちょうどその時、被害者はヘッドホンをつけてＤＶＤを再生していたという。激しい嫌悪感に駆られた長女は、とっさに吊り棚のふくろうの置物に手を伸ばし、背中を丸めて再生画面に見入っている父親の頭に何度も振り下ろした。衝動的な犯行だったが、ヘッドホンとＤＶＤを片付け、凶器の指紋を拭き取るだけの冷静さは残っていたようだ。その日の朝、テレビで週末の占い情報を見なかったか？　多岐川がたずねると、彼女はそれまで自覚していなかった手抜かりを思い知らされたような顔つきで、

「見ました。ふくろうグッズが幸運を呼ぶって。だから――」

そう言ったきり、両手で顔を覆って泣きくずれてしまった。

まぐれ当たりだったといえなくもない。事件が解決した後、しばらくは木彫りのふくろうの夢を見た。多岐川の推理と捜査の展開は少しずつちがっていたけれど、夢の結末はいつも同じだった。無実の容疑者を犯人と指名し、その誤りが決定的になった瞬間に、あの男がチェックメイトを告げる。

事務所のポスターに限らず、彼はどこにでも現れた。チェックメイト。声だけの時もあれば、ほかの誰かに化けていることもある。チェックメイト。鏡に映った自分の顔が、ふと気づくとあの男の顔に変わっていたことも一度ならずあった。チェックメイト。カスパロフというのは仮の名で、あの男の正体は夢の世界の強欲な取り立て屋だ。

夢の中の多岐川は終わったはずの事件でひたすら失敗を繰り返し、現実の多岐川が新たな事件を解決すると、今度はその事件の解決をしくじる夢が続く。そのサイクルが果てしなく繰り返されるだけで、夢の中で正しい解決にたどり着いたことは一度もない。それだけ失敗を繰り返しているのに、夢の中の多岐川は自分が絶対誤りのない名探偵であるという確信を持ち続けていた。その点に関しては、現実の自分と変わらない。

夢の中で、つまり無意識に推理のシミュレーションをしていたかというと、それもちがう気がする。現在進行中の事件を夢に見たことは一度もないからだ。少なくとも多岐川自身にそうした記憶はなかった。失敗の夢を見るのは、決まってその事件を解決した後になってからだし、夢の内容にもシミュレーションだけでは予見できない、事後的な情報が含まれていた。夢や無意識の力を借りて事件を解決するのとは、順序があべこべなのだ。

むしろチェスや将棋の感想戦のようなものだろう。現実の世界で多岐川がひとつの事件を解決するたびに、誤った推論に導かれた可能性の分岐が夢の中に現れる。実現しなかった過去の可能性が、行き先を失って消滅するまでの儚(はかな)い残像——その数えきれない分かれ道の中で、現実の彼だけが迷うことなく、真実に至る道筋をたどってきたのだ。

数多くの難事件を解決に導き、多岐川が絶対誤りのない名探偵という評価を確立していくにしたがって、そんな夢を見る頻度は徐々に減っていった。最初のうちは自分でも気づかなかったが、年齢と経験を重ねるにつれ、夢を見ずに朝を迎える日がしだいに増えた。同じ失敗の夢でも、初期に比べると不注意や思い込みによる判断ミスが格段に減り、より複雑で難易度の高い推論に小さなほころびが見つかったり、不利な状況でやむをえず打った手が裏目に出たりするケースが大半を占めるようになっていた。それだけ探偵としてのスキルが増したということなのかもしれない。それでも完全に解放されるまで、十五年以上にわたってずっとあの夢を見続けていたように思う。「勝ったゲームより負けたゲームの方がずっと多くのことを学べる。すぐれた指し手になるには何百回も負けなければならない」

キューバ出身のチェスの元世界チャンピオン、ホセ・ラウル・カパブランカの言葉だ。二十世紀前半に活躍したプレーヤーで、実力はカスパロフ以上という声もある。

カパブランカの言う通りなら、多岐川深青はすぐれた指し手の条件を満たしている。現実というゲームでは一度も敗れたことがないけれど、夢の中でそれをはるかに上回る負け試合を経験していたからだ。何百回どころか、何千回、何万回も負けている。彼の推理が常に正しいのは、そこから多くを学んできたことの証(あか)しなのだ。

——だが、今はかえってあの頃が懐かしい。

多岐川は息を殺して、暗い部屋の隅にわだかまる形のない闇を見すえた。毎夜毎夜、悪夢にうなされながら、手ごわい謎に取り組んでいた時代が。

名探偵としての評判が高まるにつれ、多岐川の立場も昔とは大きく変わった。かつては険悪だった警察との関係もしだいに協力的なものになり、やがて公的なコンサルタントというお墨付きを得て、現場検証や捜査資料へのアクセスが認められるようになった。

見返りに失ったものもある。信頼に足るパートナーとして、数多くの事件で行動を共にした土屋めぐみが連続殺人鬼〈ミネルヴァ〉の共犯者だと知った時は、さすがの彼も冷静ではいられなかった。彼女は多岐川の推理を真っ向から否定したが、逮捕から二日後、留置場で首を吊った。自殺の知らせを聞いても、勝利感とは無縁だった。それからしばらくの間、彼女の夢を見続けたことはいうまでもない。

経済的に余裕が生まれ、有能なスタッフを集めて〈ディープ・ブルー〉を設立したのが七年前のこと。多岐川自身は〈ディープ・ブルー探偵社〉という呼称を掲げることに抵抗があったが、出資者とスタッフの意見に押し切られてウンと言わざるをえなかった。マスコミや司法関係者の間では、名探偵の通称として完全に定着していたからである。

失敗する夢を見なくなったのは、探偵社の経営が軌道に乗り始めた頃だろう。末期の夢は多岐川の推理そのものより、部下への采配ミスが取り返しのつかない失敗を招くケースが大半で、スタッフを動かすコツをつかんでからは、そんな夢に悩まされることもなくなった。もちろんその間も、実際に手がけた事件で解決に失敗した例はなかったが。

設立以来、業界トップの解決率を誇る〈ディープ・ブルー探偵社〉の業績は順調に伸びている。ところが、依頼件数が増えるのと反対に、多岐川自身が直接コミットする事件は減る一方だった。優秀な人材が育ったおかげで、彼がじきじきに出馬しなくても、ほとんどの依頼は処理できる。よほどの難事件か、興味を引く謎でなければ、絶対誤りのない名探偵の手を煩わせるには及ばないということだ。

かといって、多岐川深青の頭脳に見合うほど手ごたえのある謎は、めったに舞い込んでこない。たまに面白そうな事件があっても、たいていは報告書に目を通しただけで先が見えてしまう。以前の自分だったら夢でうなされていたかもしれない推理の袋小路や落とし穴も、今なら即座にそのありかを察知して、適切に回避する術が身についている。無数の負けゲームから学んだ経験と知恵が、第二の本能のように真相解明への最適ルートを見きわめてしまうのだった。

五十歳を目前にして、多岐川は引退を考えるようになっていた。かつてはあれほどスリリングだった謎解きへの渇望が、ここ数年すっかり色褪せつつある。探偵という仕事に退屈を感じるようになったのも、失敗する夢を見なくなった頃からだ。しばらくは探偵社のマネジメントで気を紛らわせていたが、本当にやりたいことはそれではなかった。

犯行現場を隅々まで調べ上げ、関係者に質問を繰り返す。そこから得た証言をほかの証拠と何度も突き合わせ、タイムテーブルを分秒刻みで組み立てては壊し、壊しては組み立て直し、物証と人証からなる動的マトリクスを念入りにチェックする。脳細胞を余すところなく酷使してあらゆる仮説を検討し、ありえない可能性をひとつひとつ消去して、その夥しい残骸から唯一無二の真相が浮かび上がってくる瞬間を待つ。

そのような陶酔はもはや過去の記憶の中にしかない。いつの頃からか、シャーロック・ホームズが退屈と怠惰で精神が朽ちていくのを防ぐため、コカインに逃避したエピソードに共感を覚えるようになっていた。もちろん、架空の人物の真似をして薬物に手を出すほど愚かではないけれど、ホームズを悩ませた倦怠感はよくわかる。あまりの退屈さから、つい出来心でホテル主催の疑似体験型謎解きイベントに参加したこともあるほどだ。

ホテルを舞台にしたミステリー劇の犯人を推理する一泊二日のイベントで、多岐川は身分を隠して個人参加した。だいぶ手加減したつもりだったが、今の彼にとっては赤子の手をひねるような謎でしかなく、並み居る強豪リピーターを押しのけてあっさり最優秀名探偵賞を獲得してしまった。主催者に正体を知られた時は、文字通り顔から火が出るような思いをしたものである。ところがそれがきっかけで、イベント運営会社から次回企画への協賛とシナリオの監修を持ちかけられ、引っ込みがつかなくなった多岐川は同業者に冷やかされるのも承知で、その提案を引き受けた。

表向きは〈ディープ・ブルー探偵社〉の宣伝、および優秀な解答者を調査員としてスカウトするという名目だったが、実際は完全に多岐川個人の道楽である。とはいえ畑ちがいの依頼を引き受けたのは、単なる気晴らしのためだけではなかった。謎解きイベントの出題者側に身を置けば、今までとはちがった視点から自分の仕事を見つめ直すことができるのではないか。そんな気持ちが微塵(みじん)もなかったと言えば嘘になる。

今夜このホテルに泊まっているのも、イベントのリハーサルに立ち会って、シナリオの最終調整を行うためだった。十二時過ぎまで打ち合わせに付き合った後、この部屋に引き揚げてベッドに入ったのである。

久しぶりにあんな夢を見たのは年甲斐もなく、不慣れな芝居の世界に首を突っ込んだせいかもしれない。だとしても、事前に抱いていた淡い期待はすでにしぼみかけていた。分刻みのタイムテーブルの調整でそれなりに頭は使ったが、謎をこしらえる側に回っても、かつてのような陶酔を覚えることはなかったからだ。

自作自演の謎にまったく興味がないことを、多岐川はあらためて痛感した。やはり自分は未知の謎を解くことでしか、生きている実感を得ることができない。だが、真相解明のための能力がリミットに達してしまったら、そこから先に何が残されているのか。

ギリシャ神話のミダス王は、触れるものすべてを黄金に変える力を手に入れた。しかし食べ物が硬くなり、水も酒も黄金の氷に固まるのを見て、それが破滅の元であることを悟り、そんな力を望んだことを激しく呪ったという。多岐川深青も同じだ。手がける事件のすべてを解決してしまう、絶対誤りのない名探偵。それがどんなに呪われた存在であるかということを、彼は身をもって知りつつあった。

「――ステイルメイト」

どこからかそう告げる声が聞こえた。

聞きなれた声だったが、今は夢でないとわかっている。暗い部屋の隅、壁に寄せたソファのあたりにぼんやりした気配が認められた。

「さっきからそこにいたのは知っている。虫の知らせというやつだ」

多岐川が答えると、ソファの気配が濃くなってひとつの影にまとまった。影はゆっくりと片腕を伸ばし、フロアスタンドのスイッチをひねった。

ぼうっと明るくなった中に、男の顔が浮かび上がった。

「ずいぶん老けましたね」

と向こうが言った。多岐川は自嘲的な笑みを浮かべて、

「もう二十年たっている。だけど、あんたは全然変わらないな」

「当然でしょう。われわれは人間とは異なる世界に属していますから」

とカスパロフという名の悪魔が言った。

ステイルメイトとは手詰まりによる引き分けのことだ。

ほかに動かす駒がなく、チェック（王手）されていないキングがどこにも動けない状態をいう。まるで今の自分のように。形勢不利な局面を引き分けに持ち込んで、負けを回避するのは立派な戦略のひとつだが、こちらからそう仕向けた覚えはなかった。

3

カスパロフと契約を交わしてから、もう二十年たっている。会ったのはその日が二度目で、最初に遭遇したのは多岐川が損害保険調査の仕事をしていた頃だった。

もともと多岐川は推理小説マニアで、一浪して受かった大学時代も内外のミステリーや犯罪ノンフィクションばかり読んでいた。漠然とした名探偵への憧れを抱いていたが、とうてい現実味はないし、警察官や弁護士になりたいわけでもなかった。就職先を選んだ決め手は、ロイズ保険組合の調査員が活躍する漫画を読んでいたせいである。保険調査員という肩書きは、彼の抱いていた名探偵のイメージに一番近いものだった。

とある損害保険調査会社の求人に応募すると、採用の返事が来た。志望動機は別として、自分で思っていたより職業適性があったらしい。そこで五年ぐらい働いて、調査業務のノウハウをみっちり仕込まれた。交通事故の保険調査が主だったが、詐欺や偽装といったモラルリスクと呼ばれる不正請求の手口はもちろん、信じがたい偶然や錯誤が事故原因になったり、自殺や心中が疑われる事故死者の生前調査など、「事実は小説より奇なり」を地で行くようなケースを腐るほど目にしたものである。

カスパロフと知り合ったのは、ソ連崩壊後に日本へ移住したロシア人が起こした事故を調査している時だった。事故の当事者が会話に不安を覚えたため、彼が通訳として同席したのだ。東欧系らしい彫りの深い顔だちを除いて、年齢も素性もはっきりしない人物だったが、完璧な日本語を操って聞き取り調査をスムーズに取り仕切った。

この通訳、ただ者ではなさそうだ。二時間に満たないやりとりの間、多岐川はずっとカスパロフという男のことが気になって仕方がなかった。なぜかはわからないけれど、向こうもそう思っていたようである。

「またどこかで、お目にかかることがあるかもしれませんね」

と意味ありげな台詞を残して、カスパロフは去っていった。

それから数か月後、多岐川は過労とストレスから体調を崩し、二週間の入院生活を強いられた。ただでさえきつい仕事だというのに、自分の能力を過信して処理しきれないほど調査事案を抱え込み、無理に無理を重ねたせいである。世話になった上司から長期休暇を取ってゆっくり養生してこいと勧められたが、多岐川は思いきって辞表を出すことを選んだ。今にして思えば、一種の燃え尽き症候群だったのかもしれない。

半年かそこらブラブラしている間、ミステリー小説を書こうとしたこともある。実体験を元にすればネタには困らないはずだったが、執筆に取りかかったとたん、文才がないのを思い知らされた。いや、問題は文才の有無ではなくて、自作自演の謎をっともらしく組み立てる作業にまったく興味が湧かないことだった。

そんな時、学生時代の友人からホテル主催の謎解きイベントに誘われた。お堅い公務員だったが、イベント経験者で、多岐川のミステリー好きをよく知っていた。仕事を辞めてブラブラしているのを見過ごせなかったのだろう。気晴らしになるならと友人の誘いに乗って、一緒に謎解きイベントに参加することにした。

忘れもしない、一九九六年の夏のことである。会場はここと別の有名ホテルだった。その種のイベントは初めてで、最初はほとんど友人まかせだったが、徐々に推理の勘を取り戻し、後半は完全に自分のペースで謎解きに没頭していた。翌朝提出した答案の内容は今でもよく覚えている。解決には自信があったのに、最後の引っかけ問題にしてやられ、あと一歩のところで正解を逃してしまったからだ。

それだけ悔しかったということだろう。絵空事の推理ゲームに、いつの間にか本気になっていた。調査員時代にも何度かミスをしたことはあるけれど、それとは比べものにならない無念さで、胸がざわつくのを抑えられなかったのだ。

「――謎解きは惜しかったですね、多岐川さん」

表彰式の会場を出たところで、ふいに声をかけられた。心を読まれたような気がして振り向くと、スーツ姿の外国人男性が微笑んでいた。彫りの深い顔だちに見覚えがある。一年ほど前に会ったロシア語通訳の名前を思い出すのに、時間はかからなかった。

「あれが実力です。カスパロフさんでしたね」

「ええ。名前を覚えておられたとは光栄です」

「こちらこそ。今まで見かけませんでしたが、あなたもこのイベントに？」

「いや、別の用事でここに泊まっています。こうして再会したのも何かの縁でしょう。少しお時間をいただけませんか」

何か予感めいたものが働いたのかもしれない。多岐川は友人に断りを入れて、カスパロフに付き合うことにした。

ラウンジでコーヒーを飲みながらしばらく雑談していると、急に強い睡魔に襲われた。前の晩、ほとんど眠らないで謎解きに知恵を絞っていたせいだろう。多岐川がしきりに舟をこぐのを見て、カスパロフは自分の部屋でしばらく仮眠を取っていけばと促した。普段ならそんな誘いは断るのだが、その日はまだ何かやり残したことがあるような焦燥感に取りつかれ、得体の知れないロシア人の厚意を受け入れてしまった。

目が覚めると、ベッドの中だった。

すっかり夜になっていた。カスパロフの部屋で昏々と眠り続けていたらしい。

多岐川はベッドからすべり出て、着衣と手荷物をチェックした。昼間と同じ状態で、睡眠中に身体検査されたり、金品を盗まれたりはしていないようだ。もちろん性的行為を強要された跡もない。寝ぐせのついた髪をなでつけ、スイートリビングへ移動した。

ルームサービスを頼んだのだろう。ダイニングテーブルに二人分の食事とワインが用意されていた。卓上には燭台が並べられ、本物のロウソクの火が灯っている。揺らめく炎の向こうに、ブラックタイで正装したカスパロフが座っていた。

「こんな遅くまで寝ているなんて、みっともない真似をしました。大事なお客をお待ちなんでしょう。ぼくは早々に退散します」

平謝りに謝って立ち去ろうとすると、カスパロフは首を横に振って、

「その必要はありません。これはあなたのために用意したものですから」

多岐川はごくりと唾を呑んだ。頭の中で危険信号が点滅したが、度しがたい好奇心がそれを上回っている。調査員時代にも経験したことのない、未知のスリルを感じた。

手前の席に腰を下ろすと、カスパロフは満足げにうなずいた。格式張らないしぐさ

で、血のように赤いワインを双方のグラスに注ぐ。

「お互いの夢のために」

カスパロフが言い、多岐川もそれにならって乾杯した。一口飲んだとたん、頭の中の危険信号がかき消えるのがわかった。ロウソクの炎の揺れに合わせるようにグラスのワインをくるくる回しながら、カスパロフが親身になって問いかける。

「多岐川さんの話を聞かせてくれませんか。初対面の時から、あなたの身の上に興味があったのです。どうして調査員の仕事を始めたのか？　あれほど有能だったのに、なぜ辞めてしまったのか？　そして、今のあなたは何を望んでいるのか？」

そこで何を食べたのか、味も匂いも歯触りもほとんど記憶にない。食事マナーもそっちのけで、自分語りに熱中していたからだ。グラスの空く間もないほどワインを注ぎ足されたが、酔いつぶれるどころか、むしろ頭の中がすっきりして、舌の動きもいっそう滑らかになっていた。カスパロフは抜け目のない聞き手で、知らず知らずのうちに、普段はなかなか言葉にできない自分の本心を洗いざらいぶちまけてしまったようである。

「なるほど。とても興味深いお話でした」

カスパロフは一呼吸おくと、舌なめずりするみたいに唇を動かして、

「では、最後にもうひとつ聞かせてください。もしひとつだけ願いがかなうとしたら、

今のあなたは何を望みますか？」

「名探偵になることかな。推理小説に出てくるような、神のごとき名探偵に」

思わずそう答えてから、多岐川は焦った。酔いと関係なしに顔が紅潮するのがわかる。もう三十近いのに、子供じみた空想を本気で口に出してしまったせいだ。

「神のごとき、ですか」

カスパロフはにやっとした。多岐川がますます赤面すると、すぐにかぶりを振って、

「言い換えれば、*infallible*——絶対誤りのない名探偵ということですね。よろしい。もしあなたが望むなら、その願いをかなえてあげられるかもしれません」

相手が何を言っているのか、理解できなかった。答えあぐねていると、カスパロフがおもむろに席を立ち、テーブルをめぐってこちらへやってくる。ガイドヘルパーのように多岐川の肘を取り、部屋の一角にある大きな姿見の前へ連れていった。

「ごらんなさい。あなたの未来が見えるはずです」

鏡の中に映っていたのは、謎解きイベントの推理劇にそっくりな何かだった。ただし、事件を解決するのは劇団の役者ではなく、リアルな名探偵の多岐川深青。〈ディープ・ブルー〉の名にふさわしい完璧な推理を繰り広げ、狡猾(こうかつ)なトリックを仕組んだ真犯人の正体を暴く未来の自分の姿が、圧縮されたイメージの奔流(ほんりゅう)となって脳内を駆けめぐる。多岐川はめまいに襲われ、足がふらつきそうになった。

「これは……何だ？　何か変なものを飲ませたのか？」

「ご心配なく。ちょっとした予告編のようなものです。自分で歩けますね」

まだ震えの止まらない多岐川の肩に手をあてがい、元の席へ戻るよう促した。振り返るとロウソクの火はそのままだが、テーブルの上がきれいに片付けられている。さっきまで座っていた席の前に、革製の書類バインダーらしきものが置いてあった。

「どうぞおかけになって」

言われるまま腰を下ろすと、脇に寄り添ったカスパロフがバインダーを開いた。横文字で記された書類がはさんであったが、ラテン語か何かのようでまったく読めない。

「これは？」

「契約書です。あなたの血でここにサインしてください。それだけで絶対誤りのない名探偵になることができる。われらが主〈明けの明星〉の名にかけて、約束しましょう」

耳を疑ったのは一瞬で、徐々に笑いがこみ上げてきた。多岐川はひとしきり声を出して笑ってから、真顔になってカスパロフにあごをしゃくった。

「悪魔との契約だとでも？　新手のドッキリなら、もう潮時ですよ」

「ドッキリではありません。申し上げた通りです」

カスパロフも真顔で答えた。

その声を合図に、ロウソクの炎がいっせいに輝きを増した。話し相手の背後の壁に、禍々しい形をした濃い影を鮮やかに浮かび上がらせる。

ほんの一瞬だったが、カスパロフの正体を知るにはそれで十分だった。多岐川は無言で目を閉じ、ゆっくり深呼吸してから、ふたたび目を開けた。

「――名探偵にしてくれるのと引き替えに、魂を渡せと？」

「いい質問ですね。ご理解の早さに敬服します」

カスパロフはにこやかに応じると、セールスマンじみた口調に切り替えて、

「もちろん、今すぐにとは申しません。そう、あなたがまちがった推理をして、事件の解決に失敗したら、その時点で魂をいただくという取り決めはどうでしょう」

相手の言葉に矛盾を感じて、多岐川は目をすがめた。

「その条件はおかしいな。本当に絶対誤りのない名探偵になれるなら、まちがった推理をして、事件の解決に失敗することなどありえない」

「ええ。ですから、あなたにとってけっして損のない取引だと思いますよ」

ますます怪しいことを言う。

返事をためらっていると、カスパロフは多岐川の左腕をつかんで、シャツの袖をたくし上げた。マジシャンみたいに空中から注射器をつまみ出して、肘裏のくぼみに針を刺す。慣れているのだろう、血を採られている間もほとんど痛みを感じなかった。

「もうひとつ聞きたいことがある。どうしてぼくに目をつけた？」

「あなたの名前が気に入りましてね」

多岐川の血をスポイト式の万年筆に注入しながら、カスパロフは涼しい顔で、

「深い青、英語なら〈ディープ・ブルー〉です。それにあやかって、私もカスパロフと名乗ることにしました。今年の二月、ＩＢＭが開発したチェス・コンピュータが、世界チャンピオンのガルリ・カスパロフと対戦したのをご存じですか？」

多岐川はうなずいた。それなら雑誌の記事で読んだ覚えがある。

「カスパロフは三勝一敗二引き分けで〈ディープ・ブルー〉の挑戦を退けた。たぶんあんたは、ずっと前からその結果を知っていたんだろう。世界チャンピオンの名前を借りた悪魔の誘惑に、ぼくが太刀打ちできないということも」

「ですが〈ディープ・ブルー〉はかなり善戦しましたよ」

万年筆のキャップをはずして、多岐川に渡す。軸の太い年代物だった。

「次に対戦する時は、もっと強くなっているでしょう。そう遠くない将来、正確無比なチェス機械が人類最高の知性を打ち負かすのを見られるはずです。あなたもそういう存在になってみたいと思いませんか？」

万年筆を握ってしばらく考えるふりをしていたが、すでに迷いはなかった。

自分の血で契約書にサインすると、カスパロフは満足そうに微笑んで、

「これで契約完了です。多岐川深青は絶対誤りのない名探偵になった。それが嘘でないことは、じきにわかるでしょう。そのために、まずこの人に会いなさい」

手渡されたメモには、政財界に顔が利く有力者の連絡先が記されていた。

「あなたのことは伝えてあります。きっと力を貸してくれるはずだ。〈明けの明星〉の名にかけて約束します——名探偵にふさわしい事件があなたを待っていることを」

彼の言葉に嘘はなかった。

翌年五月〈ディープ・ブルー〉はガルリ・カスパロフに再挑戦し、二勝一敗三引き分けで世界チャンピオンに勝利した。東中野で開業した多岐川深青の探偵事務所に、初めて殺人事件の調査依頼が舞い込んだのも同じ月のことである。

4

「——二十年ぶりに現れたということは、ついに年貢の納め時か」

多岐川はガウンを羽織って、カスパロフの向かいの席に腰を下ろした。悪魔は二十年前に見たのと同じ、ブラックタイの正装に身を包んでいる。

「あんたのおかげで充実した人生を送ることができた。だから魂を奪われても文句は言えない。わからないのは、なぜ今かということだ。このところ、引退を考えるようになったのは事実だが、まちがった推理をして事件の解決に失敗したわけではない。それともまだ気づいていないだけで、私はもう死んでいるのか？」

「いいえ、あなたはちゃんと生きていますよ」

カスパロフは昔と変わらない、慇懃な口調で言った。

「あなたの魂を奪いにきたのでもありません。だからこそ、最初にステイルメイトと申し上げました。ひとことで言えば、契約解除を申し込みにきたわけで」

「契約解除？」

思いがけない返事に、多岐川はうろたえた。

「どういうことだ？　そんな話は聞いたことがない」

「事情を説明するのはたいへん厄介なのですが……。やむをえないので、そもそもの前提からお話ししましょう。量子力学の多世界解釈というのをご存じですか」

煙に巻こうとしているのか、カスパロフはいきなり妙なことを言い出した。多岐川は眉に唾をつけながら、

「シュレーディンガーの猫か。ロシアンルーレットみたいな毒ガス発生装置と猫を一緒に密閉した箱の中に入れておくと、蓋を開けた瞬間、観測者ごと世界が枝分かれして、猫が生きている世界と猫の死んだ世界が別々に存在し続けるというおとぎ話だろう」

「それがおとぎ話でないとしたら？」

馬鹿なことを――と言いかけて、多岐川は絶句した。悪魔との契約にサインして絶対誤りのない名探偵になった男が、おとぎ話のことをどうこう言えるわけがない。

「もし多世界解釈が正しいとすれば、確実に大金持ちになれるギャンブル必勝法があります。〈量子ロシアンルーレット〉と呼んでおきましょうか。シュレーディンガーの猫のように密閉された箱の中で、それぞれの目の出る確率が正確に六分の一に調整されたサイコロを転がします。あなたは箱の外にいて、蓋を開けてサイコロを見る前にどの目が出たか予想する。予想が当たったら、一億円の賞金がもらえるとしましょう」

「一億とはずいぶん気前がいいな。それで？」

「その時あなたは、内側に銃口のついたヘルメットをかぶる。銃口はこめかみに密着しています。蓋を開ける瞬間に、あなたが予想した以外の目が出ている場合は、箱の中の検出器からヘルメットに信号が送られ、瞬時に弾丸が発射されてあなたは即死します。一方、あなたが正しい目を予想した場合には、信号は送られず、あなたは無事に賞金を手にすることになる。このヘルメットをかぶってギャンブルに挑めば、あなたは必ず勝ち続けることができるはずです」

「そんなはずはない。どんな目を予想しても、六分の五の確率ではずれるのだから」

多岐川が異を唱えると、カスパロフは首を横に振って、

「それは客観的に見た場合で、主観的に見ればあなたは絶対に負けません。なぜなら箱の中でサイコロの目が決まった瞬間、世界は六通りに分岐しますが、あなたの意識はそれぞれの目に対応する並行世界のすべてに同時存在して、それぞれの脳の状態も完全に同じだからです。それらのあなたの意識のうち、サイコロの目が予想と異なる並行世界では、蓋を開けた瞬間に弾丸が発射され、苦痛を感じる暇もなく脳が破壊される。あなたの意識も瞬時に消滅し、そうするとあなたの意識が占める場は、あなたの脳が生きている並行世界へと収縮していくでしょう。残された並行世界とは、あなたの予想が当たっていた世界にほかならない。予想のはずれた世界のあなたは、その結果を知る間際に意識ごと消滅してしまうので、負けを意識すること自体不可能です。生きているあなたが意識できるのは、勝った場合だけなのですから、主観的に負けることはありません。そしてこのギャンブルは、何度繰り返しても同じです。あなたはただひたすら勝ち続けるのみで、けっして負けることがない」

カスパロフの説明は回りくどいうえに、ややこしかった。にもかかわらず、多岐川は直感的にその意味を理解することができた。

「つまりそれは、私が夢の中で経験したこととの裏返しということだな。この私が絶対誤りのない名探偵であり続けるのと引き替えに、あんたは数えきれないほど枝分かれ

した並行世界で、予想をはずした私の不運な分身たちの魂を刈り取っていった」

「お察しの通りです」

カスパロフは冷たく言い放つと、肩をすくめるしぐさをはさんで続けた。

「われわれの業界にも、規制緩和というものがありましてね。無数に存在する並行世界から契約者の魂を回収するというメソッドは、長いあいだ認められていませんでした。そうした取引が可能になったのはごく最近、あなたがたの西暦に換算すると一九八九年――人類の知的レベルが、多世界取引を許容できる段階に達したということです」

「何でもかんでも規制緩和といえば、許されると思っているのか！」

多岐川はカッとなって、カスパロフに詰め寄った。

「契約書にサインした時、あんたはひとことも並行世界について触れなかった。絶対誤りのない名探偵というのもまやかしで、実際は数えきれないほどの私の不運な分身たちが、失敗という屈辱をなめさせられていたんだ。完全に詐欺じゃないか」

「あなたの気持ちもわかりますが、そのクレームはフェアじゃない。まちがった推理をして事件の解決に失敗したら、その時点で魂をいただくという取り決めは、事前にきちんと告知したはずです。それに魂を回収するタイミングは、常にあなたの分身たちが失敗を認める直前でした。彼らはその時点で、主観的にはまだ推理の誤りを認めていなかった。したがって、絶対誤りのない名探偵という存在理由を否定されたわけではありません。あなたが見た夢は正解を知った時点から、事後的に彼らの失敗を追認したものにすぎない。そこには決定的なちがいがありますよ」

「そんなのは詭弁だ」

「私はそうは思いませんが。そもそも、私はあなたとの約束を何ひとつ破ってはいませんよ。だってそうでしょう。私はあなたを絶対誤りのない名探偵にすると約束した。今のあなたはそれ以外の何者でもない存在では？」

やり場のない怒りを抱えながら、多岐川は答えに窮した。夜ごと繰り返された無数の悪夢の記憶が、圧縮されたイメージの奔流となって脳内を駆けめぐる。数えきれないほど夢で見た、自分の分身たちへの罪の意識に押しつぶされそうになっていた。

サバイバーズ・ギルト。災害や事故から奇跡的に生還した人間が、犠牲者たちに対して自分だけ生き残ったことをやましく思う気持ちと同じだった。

「――魂を奪われて、彼らはどうなった？　すぐ死んだのか」

「いや、聞かない方が身のためでしょう。言っても理解できないと思いますが」

「それで私が納得すると思うのか。どれだけの魂を食らったんだ。一億か？　一兆か？　荒稼ぎして、さぞかし満足だろう。あげくの果てに、契約解除とは！　よくそんな図々しいことが言えるものだ」

「荒稼ぎなんてとんでもない。誤解のないように言っておきますが、われわれの絶大な力をもってしても、すべての並行世界に介入できるわけではないんです。そもそもあなたが契約書にサインしなかった世界だって、同じくらい無数に存在する。しかもひとりの人間の魂は、あらゆる並行世界を通じて一定の量を超えることはありません。ですから、私が回収したあなたの魂も、一世界あたりの量で言えば微々たるものです。年単位で計算しても、せいぜい五パーセントかそこらでしょう。ただしあらゆる並行世界にまたがる魂の総量は、契約者が死に絶えない限り、一定のペースで回復します。長期ローンの利息をいただいているようなもので、この二十年の間にあなたが手に入れたものと比べれば、十分に元の取れる取引だったと言えるのではありませんか」

あまりにも馬鹿げた言いぐさに、抗議する気も失せた。多岐川は嘆息して、

「――そんなに上等な取引なら、なぜ今になって契約を解除する？」

「人間の魂というのは、まだまだ解明しきれない部分がありましてね」

カスパロフは妙に真面目くさった口調で言った。

「当初われわれが採用した多世界解釈では、無数に分岐した並行世界はそれぞれが完全に独立した状態にあって、お互いに干渉することはないとされていました。ところが、厄介なことにそうした定説を覆すものがありましてね。それが人間の魂だったのです」

「どういうことだ？」

「先ほど申し上げた通り、あなたがた人間の魂は、あらゆる並行世界を通じて一定の量を保っています。言い換えれば、魂という媒質が無数に分岐した並行世界どうしを何らかの方法で結びつけていることになる。ちょうど光を伝えるエーテルのように」

「エーテルの存在は実験で否定されたはずだが」

多岐川が揚げ足を取ると、カスパロフはプライドを傷つけられたように、

「もちろんそうですが、われわれは魂の実在を疑ったことはありません。そのうえで人間の脳と意識、それに魂の関係について長年研究を続けてきたのです。肉体の檻に閉じ込められた人間の魂が、無数に分岐した並行世界どうしを行き来できるのは、脳細胞の神経シナプス間でミクロな伝達物質が量子的なふるまいをしているせいではないか。だとすれば無意識、あるいは夢の世界を通じて情報がにじみ出し、並行世界での経験が再現されてもおかしくありません。あなたが数えきれないほど、失敗する夢を見続けてきたように」

「そうかもしれない」

多岐川はふいに懐かしい気分になって、

「負けたゲームの夢を見ることで、私はすぐれた指し手になった。私の分身たちが魂を失うのと引き替えに、より多くを学ぶことができたんだ」

「それが計算ちがいの元でした。さっきの〈量子ロシアンルーレット〉のたとえなら、何度ギャンブルを繰り返しても、正しい目を予想する確率は変わりません。サイコロの目はそのつど一回限りの独立事象ですから。ところが、あなたの推理能力はそれとはちがっていた。あなたの脳は魂の量子的な情報伝達作用によって、数えきれないほどの負けゲームを経験し、その膨大なデータを蓄積しています。一種のディープラーニングのような現象が、あなたの脳の中で生じていたのでしょう。その結果、あなたの推理能力は常人をはるかに超えるレベルに到達し、文字通りの意味で絶対誤りのない名探偵になってしまった」

「文字通りの意味というと?」

「契約を結んだどの並行世界でも、あなたが失敗しなくなったということです。統計的なリスクがゼロになったと言ってもいい。いや、厳密にはゼロではないですが、ごくごくわずかな数字にすぎません。あまりにもその確率が低いので、夢となって現れるほどの状態量もないのです。逆にわれわれの立場からすると、回収できる魂の量、つまり契約から生じる利息が年々減っていって、今ではほとんどゼロに等しくなってしまった。それだけならまだしも、無数に分岐した並行世界に介入し、契約条件に沿った形で維持管理し続けるには、それ相応のランニングコストがかかります。なぜ今になって契約を解除するのか、その理由はもうおわかりでしょう。ついに損益分岐点を越えてしまったからです」

「そうか。だからステイルメイトなのか」

手詰まりで身動きできなくなったのは、多岐川ではなく、カスパロフの方だった。〈ディープ・ブルー〉はそれと知らずに、二十年来の宿敵を追いつめていたのだ。

「その通り、なかなかいい試合だったでしょう。お互いに損のない取引だったと思いませんか。われわれは二十年分の利息と貴重なデータを得られ、あなたは本物の名探偵になれた。すでに申し上げた通り、契約を解除してもあなたが手に入れた能力は失われません。私がお膳立てしなくても、今まで通りにやっていけるでしょう」

「今まで通り、か」

と多岐川はつぶやいた。カスパロフはいぶかしそうな顔をして、

「何かご不満でも?」

「――いや」

「では、契約解除に同意されたということで」

カスパロフは見覚えのある書類バインダーを開いて、古い契約書をこちらへよこした。やはり見覚えのあるラテン語の文章の下に、多岐川のサインが記されている。二十年の歳月が夢でなかった証しに、血の色はすっかり黒ずんでいた。

だが、まだあきらめきれない夢がある。多岐川は心を決めた。

カスパロフから手渡されたライターは髑髏の形をしていた。多岐川はためらいなく点火レバーを押し、剣のように伸びた炎に契約書をかざした。紙きれは一瞬で燃え上がり、わずかな灰も残さずにあっけなく燃えつきてしまった。

「長い付き合いでしたが、これでお別れです。もう二度とお目にかかることもないでしょう。では、これで失礼いたします」

「待ってくれ」

多岐川は悪魔の背中に呼びかけた。不思議そうな顔で、カスパロフが振り返る。

「手続きは終了しましたが、まだ何か？」

「ひとつ聞きたいことがある。もう一度あんたと契約を結ぶことはできるか」

カスパロフは驚きを隠せない表情で多岐川を見つめながら、

「もう一度？　それは契約の内容にもよりますが——」

「なら今すぐ検討してくれないか。今度の願いはこうだ。私は迷探偵になりたい。絶対に正しい解決にたどり着けない迷探偵に」

「絶対に正しい解決にたどり着けない？　迷う方の迷探偵ですか」

「そうだ。その願いをかなえてくれるかわりに、私が誤りのない推理をして事件を正しく解決してしまったら、そのつど私の魂を差し上げよう」

「――前の取り決めを逆にするということですか。いや、その条件には乗れませんね。あなたはいくらでも八百長ができるわけですから」

「わかっていないようだな。八百長などするものか。契約を解除しても、私が手に入れた能力は失われないと言っただろう。それなら今まで通り、絶対誤りのない名探偵として最善を尽くすのみだ。この二十年で身につけた知恵と経験を総動員して、新たな謎に取り組むと約束しよう」

「理解に苦しみます。なぜそんな理不尽な願いを？」

「手がける事件のすべてを解決してしまう、絶対誤りのない名探偵。それがどんなに呪われた存在であるかということを、二十年かけて思い知らされたからだ。私は未知の謎を解くことでしか、生きている実感を得ることができない。だが、自分の推理が必ず的中するとあらかじめ決まっていたら、どんな謎も色褪せてしまう。それより私は自分が失敗する未来がほしい。絶対誤りのない名探偵の推理をこっぱみじんに打ち砕く、悪魔のような真相に巡り合いたい。この退屈から逃れるためには、あんたの力が必要なんだ」

「わかっていないのはあなたのようですね」

カスパロフは眉を寄せながら、冷水を浴びせるような声で、

「それだと、あなたにとって不利な結果になる確率が一気にはね上がる。あなたの分

身たちは正しい解決にたどり着くたびに、また無数の魂を失ってしまうんですよ」

「かまわない。むしろこれから失われる魂は、今まで数えきれないほど失敗した私の分身たちへの償いになるだろう。並行世界のからくりを知った今なら、これから見る夢にも耐えられる。たとえ魂を奪われるとしても、彼らは真相を引き当てたのだから。どんな形であれ、最後の事件を白星で飾れるということだ」

「だとしても、社長のあなたが失敗を続ければ〈ディープ・ブルー探偵社〉の評判はガタ落ちになる。手塩にかけたスタッフに、迷惑をかけることになりませんか」

「それなら大丈夫。私の推理がはずれても、きっと部下たちがその誤りを正してくれるだろう。彼らは優秀だよ。ほかならぬこの私が育てたのだから」

「なるほど。あなたがそれでいいと言うなら、こちらにとっても損のない取引になると思いますが……。ちょっと失礼」

　カスパロフは関数電卓みたいなものを取り出すと、多岐川に背を向けてしばらく見積もり計算に没頭した。やがて抜け目のない顔つきでこちらへ向き直り、

「悪くないですね。ではさっそく、その条件で新しい契約書を作りましょう。二度目ですから、手順はわかっていると思いますが」

　多岐川はうなずいた。二十年前と同じように左腕をまくると、カスパロフが注射針を刺す。久しく忘れていた感情がよみがえり、胸の高鳴りを抑えられない。それと気

づいたようにカスパロフが目を細め、採取した血を例の万年筆に注入した。

「これが新しい契約書です。けっして後悔はしませんね」

「もちろんだ。今度のゲームはもっと高度な読みとかけひきが必要だぞ、カスパロフ。二十年前の謎解きイベントみたいな引っかけ問題は、今の私には通用しないからな。どれほど奇想天外でアクロバティックな真相を見せてくれるか、楽しみにしているよ」

悪魔は不敵な笑みを浮かべてうなずいた。

「では、契約書にサインを」

受け取った万年筆で自分の名前を書く。

——多岐川深青。

そして、史上最強の迷探偵が誕生した。

ヘンゼルと魔女
赤い椀
喫茶マヨイガ

光原百合

光原百合（みつはら・ゆり）

広島県生れ。詩集や童話集を出版したのち、１９９８年『時計を忘れて森へいこう』でミステリ界にデビュー。２００２年「十八の夏」で第55回日本推理作家協会賞短編部門を、２０１１年『扉守　潮ノ道の旅人』で第１回広島本大賞を受賞。著書に、『星月夜の夢がたり』『最後の願い』『イオニアの風』などがある。

ヘンゼルと魔女

ヘンゼルはここしばらく、大変に迷っていた。

問題は妹のグレーテルである。以前はかわいい妹であった。いや、今だってかわいい妹に違いはない。今年十四歳になり、めっきり美しさを増しているので、このまますくすく育って幸せになってくれればよいと心から願っている。

グレーテルのほうも小さいころからいつもヘンゼルにつきまとい、兄を心から慕っている様子だった。しかしどうも、最近その想(おも)いが方向を間違えているようだ。大人に近づくにつれ、兄のことを、なんというか一人の男として恋い慕うようになったらしい。こちらを見つめる瞳にじっとりとした熱を感じる。まだほんの小娘、男と女のコトをどれほど理解しているかはわからないが、村の小娘仲間たちと交換した知識の切れ端を総動員して、『お兄ちゃんに抱きついて押し倒してキスすれば何とかなっちゃったりするのではないか』ぐらいのことは考えているらしい。二人で森に薪(たきぎ)拾いに行かされたときなど、後ろからついてくるグレーテルの気配がどうにも剣呑なのだ。

いよいよまずいと感じたら、「ほら、そこにブルーベルの花が」だの「ヤマガラのひながいるぞ」だのと声をかける。今のところは「わあ、かわいい」と注意をそらしてくれるので助かっているが、どこまでそれが通用するかわからない。もちろん実の妹とどうにかなっちゃったりする気は毛頭ないが、ヘンゼルとて健康な十七歳の男子、実力行使されたとき自分がどうなってしまうか見当もつかないのであった。

そろそろうちを出ることを考えたほうがいいだろうか。独り立ちするにはやや早いが、早すぎるというほどでもない。しかし、うちを出るのに両親を納得させられるような理由を考えつけるだろうか。自分を見つめるグレーテルの目が怖いので、などと言えるわけもない。それに自分たちが住んでいる小さな村では、すぐに独り立ちして食べていけるような仕事は見つけにくい。少し離れた大きな町ならば、若者の手はいくらでも必要だろうが、この村を出て行くのはちょっと……。

と、ヘンゼルの迷いは深いのであった。朝食の後、食卓についたままため息をついていると、

「お兄ちゃん、何か悩みがあるの？」

グレーテルが後ろからふわりと抱きついてきた。ひぃ。

「い、い、いや、なんでもない。心配するな」

「いいのよ、わかってる。お兄ちゃんも、あたしと同じことで悩んでいるのでしょ

う」

　違う。それだけは絶対に違う。

「ねえ、二人だけで、誰も知らないところに行ってしまいましょうよ」

「ああ、そうだな、明日あたり、誰も知らないところにキノコ採りに行くか。たくさん見つけて帰ったら、父さんも母さんも喜ぶぞ。だが今日は駄目だ。そろそろ父さんの手伝いに行かなけりゃ」

　ヘンゼルは脂汗をかきながらごまかすと、グレーテルの腕を外して立ち上がった。

　翌日、グレーテルはひどく張り切っていた。ヘンゼルが昨日苦しまぎれに言ったことをすっかり真に受けたらしい。朝早くからパンを焼き、バスケットに詰めて、両親には「お兄ちゃんと一緒にキノコをたくさん採ってくるね」と告げ、先に立って出かけた。ヘンゼルは仕方なく後を追った。

　樵(きこり)の子どもたちだから森には慣れているが、今日のグレーテルはこれまで通ったことのない道を無鉄砲にどんどん進む。獣や毒蛇に出くわさないようグレーテルの行く手に気を付けてやりながら、ヘンゼルは後を追った。森の中で迷ったらどうするつもりだろう。まさか、いっそ二人で死んでしまおうなどと思っているのでは……。

　やがて日がかげってきた。ヘンゼルにはもう、自分たちがどこにいるかまったくわからない。

「グレーテル、いい加減に帰らないか。帰る道がわかればだが……」

ようやくそう切り出すとグレーテルは、

「お兄ちゃん、心配いらないよ。帰り道はちゃんとしるしをつけてる。あたしが道々、パンのかけらを少しずつまいてたこと、気がつかなかった？　今夜は月夜だから、それをたどって帰れる」

大きなパンを焼いていたのは昼食用かと思っていたが、食べずに歩き続けたわけがこれでわかった。

「だからその前に二人で……」

グレーテルがひたと身を寄せてきた。こういう計略だったか。ヘンゼルは困ったことになったと思ったが、もっと困ったことに気づいた。

「ちょっと待て。パンのかけらをまいたって？」

振り向いてみれば、木の間を洩る夕日の光にいくつかの白いパンの切れ端が照らされている。しかし、ほんの三十歩もたどるうちにパンは見つからなくなった。ヘンゼルは妹のところに駆け戻った。

「ばかだな、森には鳥もネズミもたくさんいる。パンなんかまいたら、食べてしまうに決まってるだろう！」

「ええっ！」

グレーテルの顔がパンよりも白くなった。

「どうしよう、お兄ちゃん。道に迷っちゃった……」

まあ、今更だな。

「心配するな。俺が何とかする」

ヘンゼルは不安を顔に出さないよう努めた。これでも樵の子だから、知らない森の中でも方角を見定める方法くらいは教わっている。一晩どうにか辛抱して、明るくなればうちまでの道をさがすこともできるだろう。困ったやつとはいえかわいい妹を死なせるわけにはいかないし、自分だって妹と心中するようなはめになるのはごめんだ。

しかしグレーテルは、

「くたびれた。おなかすいた」

しゃがみこんで幼子のように泣き出してしまった。これも今更である。

と、グレーテルが顔を上げた。

「いい匂いがする。パイを焼く匂い……」

たちまち泣き止むと、森の道をたどり始める。言われてみれば確かに、空気の中に香ばしい匂いがしていた。どれほども行かないうちに、木々の間に丸太小屋が現れた。こんな森の奥なのに、いかにも小ざっぱりとした、住み心地のよさそうなうちだ。パイを焼く匂いはそこから漂ってくる。

ヘンゼルが先に立って扉をたたいたが返事はなかった。鍵はかかっておらず、まるで招き入れるように扉があいた。ヘンゼルたちのうちと同じように、入ってすぐの部屋が食堂のようだ。テーブルの上にはスープやサラダ、鳥の丸焼きなど美味しそうな料理を盛った大皿がいくつも並び、今にも食事が始まりそうだった。グラスやナイフ、フォークも並べてあって、数えてみると三人分の席が用意してあった。しかし人は誰もいない。

「誰かいませんか？　道に迷ったので、少し休ませてもらえませんか？」

ヘンゼルは声を大きくして呼ばわってみたが、やはり応える声はなかった。

「ねえ、お兄ちゃん。誰もいないみたいだし、食べさせてもらおうよ」

「ばかを言うんじゃない。今は誰もいないけれど、どの料理もできたてみたいだ。すぐに戻ってくるさ。勝手に食べたら盗人（ぬすっと）になってしまう」

「飢え死にするより盗人になる方がいいもん」

「そりゃ、死ぬか生きるかの境になったら仕方ないが」

「食べられなかったら死ぬ。今すぐ死ぬ」

「グレーテル！　お前が本当に死にそうになったら、俺は盗人になってもお前だけは守ってやる。だがまだそこまでじゃないだろう」

小さいころいたずらを叱ったときのように怖い目でにらむと、グレーテルはさすがにしゅんとして口を閉ざした。

「おやおや、これはまた、かわいいお客さんたちが来たもんだ」

そう声がして、続きの部屋から腰の曲がった老婆らしき姿が現れた。深く頭巾をかぶっているので顔はよく見えない。両手に持った大皿にはきつね色に焼けたパイが載っている。

「勝手に入ってごめんなさい。僕たち……」

「ああ、さだめし道に迷ったんだろう。こんな森の奥までよく来たね。座って食事をしておいき。いや、今日は泊まっていくといいよ」

老婆はそう言いながらテーブルにパイの皿を置いた。

「でも、お客さんがいるんでしょう。いいんですか」

今にもテーブルに飛びつきそうなグレーテルの服の裾をそっと引っ張って、ヘンゼルは老婆に尋ねた。相手は低く笑ったようだった。

「いや、あたし以外には誰もいないよ。誰かお客さんでもあればいいと思ってご馳走(ちそう)をこしらえてみたんだが、ちょうどよかった。さあさ、お座り」

老婆は大きなナイフを持ってきて、パイをさくりさくりと切った。それぞれの皿にのせてもらったパイには、甘辛く炒(いた)めたひき肉と玉ねぎがぎっしり詰まっていた。サラダや鳥の丸焼きも取り分けてもらい、空腹で倒れそうだった二人は思う存分食べた。

うちでは食べられないようなご馳走と柔らかいベッドのお礼にと、翌日二人は申し出て、老婆の手伝いをさせてもらった。皿洗いに床磨き、薪割りに洗濯と、朝のうちはせっせと立ち働き、昼食をまたしてもご馳走になったところで、そろそろ帰ると言った。

老婆は相変わらず頭巾を深くかぶって顔を見せなかったが、上機嫌な声で、

「そうかい、暗くなる前に帰る方がいいからね。あんたたちのおかげで楽しかったし、助かったよ。それじゃ薬草茶を一杯おあがり」

老婆は二人の前に甘い香りの茶を入れたカップを並べると、向かいの椅子に腰を下ろした。

「帰る前に大切なことを教えてあげよう。あんたたちの父親はアントン、母親はローザだったね。懐かしい名前だ。あたしの古い知り合いなんだよ。アントンはシュロースの、ローザはアーレンの出身だろう」

老婆がポツリポツリと話すことを、グレーテルは小首をかしげて聞いている。

「あんたたちは知らないだろうが、アントンもローザもこの森に来る前、それぞれ別の相手と所帯を持っていた。だがどちらも相手と死に別れてここにやって来た。アントンはヘンゼルを、ローザはグレーテルを連れてね。そうして出会った二人は、遺さ

れた者同士で所帯を持つことにしたのさ」

「何ですって？」

グレーテルは驚いた目をヘンゼルに向けた。

「お兄ちゃん、知ってたの？」

「い、いや、もちろん知らないさ」

ヘンゼルは口ごもりながら答えた。

「だからあたしとお兄ちゃん、きょうだいなのにちっとも似ていないんだわ。血が繋（つな）がっていなかったのね……」

それだけつぶやくと、グレーテルはぱたりとテーブルに伏せた。

「おい、どうした」

ヘンゼルは驚いたが、老婆はゆったりと笑った。

「薬草茶が効いてきたね。大丈夫、眠っただけさ。いっとき気持ちよく昼寝して、じきに目を覚ます」

「それならいいけれど……。でも一体どういうことなんですか」

父母の名前と出身については、ゆうべ老婆がこっそりヘンゼルに尋ねたのだった。そのときは古い知り合いだなどと言っていなかったが。まして自分と妹が血が繋がっていないなんて。すると老婆は、かがめていた背を伸ばし、頭巾を脱いだ。豊かな黒髪が流れ落ちた。そこにいたのは老婆などではなく、ヘンゼルよりはずいぶん年上のようだがまだ若々しい、そして今まで見たこともないほど美しい女だった。

「あたしは、あんたがたが言うところの魔女ってやつだ。二人が迷い込んでくれて、いい暇つぶしになったよ。ここの暮らしは静かだが、刺激が足りなくていけない。どうやら困っていると見受けたからね。ちょいと何とかしてやろうと思ったのさ。……妹に、道ならぬ想いを寄せられて困ってたんだろう？　それぐらいは見てりゃわかるよ。これでもずいぶん長く生きてきたからね」

ヘンゼルは驚きのあまり立ったり座ったりしていたが、そんなことをしていても仕方ないと、肚に力を入れて座り直した。

「もし両方が本気なら、魔法の力できょうだいだってことを忘れさせて、二人で暮らさせてやってもいいかと思ったんだが。魔女には人間たちの決まりごとなんてどうでもいいことだ」

魔女はさらりと物騒なことを言う。

「だが見ているうちに、あんたの妹はただ、道ならぬ想いを抱えていることに酔ってるだけだってわかった。この年頃の娘にはよくあることさ。だから目を覚まさせてやろうと思ったわけだ」

「でも、俺たちの血が繋がっていないってのは」

「でまかせに決まってるだろ」

魔女は華やかな笑い声をあげた。

「そうでしょうね」

何しろ二人は、ごく幼いころはヘンゼルの顔をそのまま女にしたらグレーテルの顔になると言われていたほどよく似ていたのだ。成長するにつれ、ヘンゼルは父に、グレーテルは母に似てきたので、それほどでもなくなったが。

「道ならぬ想いじゃない、普通に恋をしてもいい相手だと思ったら、すとんと目が覚めて、外には兄ちゃんよりもっといい男がいるって気づくだろう。これもこの年頃にはよくあることさね。……あんたはどうだい、妹と血が繋がっていないと聞かされて嬉しかったかい？」

「いや、そんなことは。本当に血が繋がってなかったとしても、妹をそんな目で見ることはできないし、それに俺にはマルガレーテが……いやその……」

口を滑らせてしまい、ヘンゼルは顔を赤らめた。魔女は目を細めた。

「へえ、マルガレーテ。村の娘かい？」

「そ、そうだけど」

「ふうん」

魔女は立ちあがった。堂々と背が高く、まるで大輪のバラのようだ。魔女がほほ笑むと、むせかえるほどの甘い香りがした。

「妹がどう思うにしろ、おまえはかわいいね。大人になればいい男になるだろう。マルガレーテとは、まだこんなキスはしたことがあるまい？」

そういうと魔女は身をかがめ、ヘンゼルの唇にゆっくりと自分の唇を押し当てた。ヘンゼルは凍りついたように動けないままだった。やがて魔女は身を起こした。

「ここから先はマルガレーテにとっておいてやろう。さあ、おまえも少しおやすみ。目が覚めたらまっすぐうちに帰るんだよ」

そうしてヘンゼルは何もわからなくなった。

目を覚ましてみると昼さがりの暖かい日差しの中、ヘンゼルは村に近い森のはずれの草原に寝そべっていた。グレーテルもすぐ傍らで眠っていたが、揺り起こすと目を覚ました。


あの二日間が何だったのか、ヘンゼルにはよくわかっていない。グレーテルの頭の中では、これが魔女の魔法なのか、「恐ろしい魔女の家に迷い込み、間抜けな兄が魔女の餌食になるところを、自分が機転を利かせて助け出した」という話ができ上がっているようだ。あれ以来どうも兄を軽く見ているようで、態度がでかい。しかし、以前のようなじっとり熱い視線を向けられるよりはずっとましだったので、あの魔女には感謝している。そして、あんな甘くかぐわしいキスは人生で二度とないのではないかと、その点だけひどく年を取ってしまったように思うのだった。

赤い椀

〈座敷童子の話〉

孫左衛門という分限者のうちには、座敷童子がいると伝えられていた。

あるとき、見慣れぬきれいな女の子が畦道を歩いているのを村の男が見かけ、どこから来たかと聞いたところ、孫左衛門のうちから来たと答えた。どこへ行くと聞くと、隣村のなにがしのうちに行くと言った。

そんなことがあって間もなく、孫左衛門の庭の木の根方にたくさんの茸が生えた。汁にしてうちのもので食べたところ、茸にあたって皆死んでしまい、外に遊びに出ていた七つの娘だけが無事だった。

思いがけぬ災難に村の者たちが騒いでいると、孫左衛門の親類縁者を名乗る者があちこちから集まって来て、なにやかやといいながら財産を持ちかえってしまい、孫左衛門のうちは数日にして没落した。

隣村のなにがしのうちは、その後長く栄えたという。

〈マヨイガの話〉

ある村の女が山菜取りに山に入ったところ、今まで行ったことのない場所に迷い込み、そこで大きな門構えの立派な館を見つけた。館の中に入ってみると、座敷にたくさんの膳がしつらえてあって、火鉢では鉄瓶に湯がたぎっていたが、人の姿はなかった。

女はそのまま帰ったが、翌日川で洗濯をしていると川上から赤い椀が流れてきた。女はそれを拾い、米や麦を計るのに使うことにした。ところが、その椀で計ると米も麦もいくら使っても減らず、女は暮らしに困ることがなくなった。

物知りの話によれば、女が見つけたのは「マヨイガ」と呼ばれるもので、ここに迷い込んだ者はそこから何か品物を持ち帰れば幸いが訪れるという。この女は欲がなく、何も持ち帰らなかったので、マヨイガのほうから椀を送ってよこしたのだろうということだった。

その女はひっそりと暮らしていた。身よりはないらしい。元々その村の出身ではなく、七つの年に家族と死に別れたため、遠い親戚の老夫婦が面倒を見ていたという話だ。成長し、その夫婦が死んだ後はずっと一人で、小さな畑を作ったり、近所からの頼まれ仕事を請け負ったりして暮らしていた。どういう事情で家族と死に別れたのか、年配の村人の中にはうすうす事情を知っているらしい者もいたが、誰もはっきり口にしなかった。女にことさら狷介（けんかい）なところはなく、村の誰とでもほほ笑んで挨拶を交わすが、口数が少なく、打ち解けて身の上話をするようなことはなかった。

　春のある日、女は山菜取りに出かけた。萌（も）え出たばかりの柔らかい緑のワラビやフキ、タラの芽を摘んでいく。山菜を取りに行く場所が家によって大体決まっているのは、山の恵みに長く与（あず）かるための暮らしの知恵である。同じタラの木の若芽を別の家の者が何度も取ってしまっては、木が力尽きて枯れてしまう。同じ木から芽を摘むのをせいぜい二度までにとどめるよう、決まった家の者がちゃんと気を配る必要があるのだ。

　そのようなわけで女も勝手知ったる山道を分け入ったわけだが、その日はどういうわけか、今まで行ったこともない場所に出てしまった。林が急に切れてひらけた場所に、こんな山の中にあるのが信じられないほど、大きな門を構えた立派な館があったのだ。館のすぐ脇には、さらさらと澄んだ小川が流れていた。

　門は大きく開いていた。道に迷ったと思った女は、ここがどこか聞こう、歩き回って喉が渇いたのでできれば湯なりともらおうと、中に入って行った。美しく整えられた前栽を通り抜け、招かれてもいないのに玄関や縁側から入るわけにはいくまいと裏手に回って厨に入ってみた。こんな大きな館だから、そこなら使用人が幾人も立ち働いているはずだ。

厨の竈には火が勢いよく燃えていて、その上にかかった鍋や釜からは旨そうな匂いが立ち昇っていた。しかし誰もいない。飯の支度をしていた家人や使用人が何かの事情で一斉にその場を去ったかのようだ。……火の番の一人も残さずに？　そんな不用心なことがあるだろうか？

厨から続く屋敷内を窺っても人の声はしない。女は気になってたまらなくなり、中に入ってみることにした。家人に見つかって咎められたら、厨で鍋が焦げそうだとでも言い訳しようと思いつつ、女はそっと屋敷の中を進んだ。やがて、いくつもの膳が並べられている大きな座敷に行き当たった。家族の人数が多いのか、それともちょっとした祝い事でも行われているのかと思われるような膳の数だ。座敷の隅の火鉢では鉄瓶に湯がたぎっている。しかしここにも人影はなかった。みんなこれから食べにやって来るのか、それとも……。

女は急に寒気を覚え、館の中を厨の方に駆け戻った。震える指で草鞋の紐を結び、館から飛び出した。小川の流れに沿って下って行くと、幸いすぐに見慣れた景色の中に戻った。川もいつも洗濯をしているおなじみの川だとわかり、この川はあのあたりから流れてきているのかと今更思ったことであった。

この日のことがひどく不思議であったから、日ごろは無駄なおしゃべりなどしない女には珍しく、翌日仕立物を届けに行った近所のうちで、山の中で見つけた不思議な館のことを話した。すると、半分眠ったように話を聞いていたそのうちのばあさまが、それはマヨイガだと言った。正体はまるきりわからぬが、山の中で道に迷ったとき出くわす怪異だそうだ。そこから何か持ち帰れば幸（さち）と福が訪れる、それがマヨイガの意向だから遠慮はいらぬと言われているらしい。

それでどうしたんだ、そこから何か持ち帰ったかと言われ、女はいえいえと受け流してうちに帰った。

ところがそのまた翌日の朝、女が川に洗濯に行くと、川上から赤いものがぷかりぷかりと浮かんで流れてきた。足元に寄ってきたのを見ると、椀である。まだ新しくてきれいな椀だったので、女はそれを持って帰った。かといって拾ったものをそのまま食器に使うのは気が進まず、乾かしてから米や麦を計るのに使うこととした。

この村に一人の若い男がいた。何か気になることができたら居ても立ってもいられなくなるという困った癖を持っていた。この男が山の中の「マヨイガ」という怪異について耳にした。それも、ごく最近この村で、そのマヨイガに出くわした者がいるというではないか。いつもひっそりと暮らすその女と、それまでほとんど話をしたことはなかったが、男は早速女を訪ね、マヨイガというものがどこにあったかを聞いた。女は別に厭な顔もせず、自分も迷ってたどり着いたのでよくわからないがと断ってから、大体の道順を教えてくれた。

勢い込んで出かけてみると、幸いにして迷うというほどのこともなく、山中にある立派な門構えの大きな館に行きついた。女に聞いていた通り人けはない。呼ばわってみたが返事がないので、男は館の中に入って行った。いくつもの大きな部屋を通り抜けると、これまた聞いていた通り、上等な塗りの膳がいくつも並んだ座敷に行きついた。

ここから何か持ち帰れば幸いが訪れるとかいう話だったな。この膳にのってる椀でいいか？　一つの膳から椀を取り上げてみると、底のほうにとろりとした汁のようなものが少し溜まっている。そこからえも言われぬ甘い薫りがして、男はそれを口に含んでみた。これまで呑んだこともないような上等の酒の味だった。うっとりしながらそれを喉に通すと、男はたちまち何もわからなくなった。

目を覚ましてみると、男は林の中で、木の根っこを枕に横になっていた。屋敷も門も周囲に跡形もない。手にしていたはずの椀もない。

山道を戻りながら男は考えた。どうやら自分はしくじったらしい。マヨイガの機嫌を損じてしまったのだろうか。導かれていくのでなく、場所を聞き出して無理やり訪ねたのがよくなかったのだろうか。少々急ぎ過ぎたようだ。マヨイガから何か持ち帰れば幸いが訪れると聞いてはいるが、それがどんなことか少しも知らないままだった。思えばマヨイガに出会ったあの女には一体どんな福が訪れたのだろう。それにしては以前と少しも変わらず、つつましくひっそり暮らしているだけじゃないか。

知りたいとなると居ても立ってもいられない男は、まっしぐらに女のうちに行った。頼まれ仕事らしい縫物をしていた女は、日ごろ付き合いもない男が二日続きでやってきたので驚いたようだった。

マヨイガから恵まれたものが幸をもたらすと聞いたが、あんたの場合も何かいいことがあっただろうかと尋ねると、女はああそうかと笑った。

あの屋敷に迷い込んだ二日後、川に流れてきた赤い椀を拾った。米や麦を計るのに使っているが、いくら計って使っても櫃の中身が減らないからそのことだろうか。竈のところの棚にその椀を置いてあるから見てごらん。

そ、それはとんでもない福じゃないか。厨に行ってみると、確かに棚の上に赤い塗りの椀が置いてある。上等な造りのようだが、そんな凄い宝のようには見えない。男がためつすがめつしていると、後ろからやってきた女が、よかったら持って帰って使ってみるといいよ、と言った。男は驚いた。そんな宝物を簡単に貸していいのかい。

女は平然と笑った。なかなか役に立つものだから、長い間は困るけれどね。二、三日のことなら構わないよ。

男は赤い椀を大切に持ち帰った。早速米櫃からその椀で米を二杯、三杯とすくいだしてみたが、米の量は尋常に減っているようだ。麦櫃で試しても同じことだった。いやいや、一度にやってみるのがいけないんじゃないか。食べる量だけなら使っても減らないということかもしれないと、男は言われた通り数日使ってみることにした。両親を亡くして独り身だから、台所ににわかに椀が増えても不審がる者はいない。

男は櫃の中の米と麦の量に消し炭で印をつけておいて、その日の夜、次の日の朝、夜といつもより多めに飯を炊いて喰った。途中で確かめてはふいになるかもと我慢し続け、とうとう二日後の朝、印の位置を見てみると、やはり米も麦も普通に減っていたのであった。

俺はあの女にかつがれたのか？　それとも、こういうお宝はもらった本人でないと効き目がないんだろうか？　気になると居ても立ってもいられないいつもの癖を出し、男は椀をつかんで女のうちに出かけて行った。竈の前に立って何やら煮炊きしていた女は、男の顔を見て、ああやっぱりという顔をした。

男が勢い込んでこの二日のことを話すと、女はうなずいて傍らの笊(ざる)を手に取った。女はそうして米櫃を開けて見せると、中には縁ぎりぎりまで白い米がつまっていた。女はそこから椀で米をすくい始めた。赤い椀と白い腕がひらひらと動いて、一、二、三、女は五杯ほども米を笊にあけたのだった。しかし女が手を止めると、櫃の中の米はやはり縁ぎりぎりまであって少しも減っていない。女も一人暮らしだからそれほど大きな米櫃ではなく、そこから五合ほども米をすくったのに。

不思議なこともあるもんだ。この椀の力は、じかにもらったあんたにしか効き目がないんだな。男が言うと女は、そんなところだろうね、と気のない調子で答えた。

米でも麦でもこうなのか。

そうだね。

それじゃあ味噌汁や煮しめでも、この椀によそったら減らないだろうかね。

そうなんだよ。具合が悪くて飯の支度がおっくうなときは役に立つだろうよ。

待て待て、それなら、たとえば金を箱に入れておいて、そこからこの椀ですくいだしてほかの箱に移しても、元の箱の金は減らないだろうか。そうしたら金がいくらでも湧いて出るのと同じじゃないか。

やったことはないが、そうなるかもしれない。

……とんでもない福がおとずれたもんだ。それならどうしてこれまでと変わらない暮らしをしてるんだい。もっといいものを食べていいものを着て、いや、大きな町に移って贅沢をすることだってできるのに。

すると女は、笊を膝に載せて上りかまちに腰を下ろし、男にも隣に座るよう促した。そうして、ちょっと長くなるけれど、と話を始めた。

あたしの爺様は結構な分限者でね。こう見えても小さいころはおかいこぐるみで育ったんだよ。住んでいたのも、座敷がいくつあったか覚えていないくらい大きな屋敷だった。そうして、うちには座敷童子がいた。豊かなうちにすみつくカミサマというのか物の怪というのか、そういうものだよ。それはあとでわかったことで、その頃は、自分にしか見えない遊び相手としか思っていなかったけれどね。いつも一緒にいたわけじゃないが、あたしが一人でいるとき気まぐれのように現れて、おはじきをしたりお手玉をしたりして遊んでいた。そりゃあきれいな女の子で、小さな子の姿のまま何年経っても変わることはなかった。最初の頃はあたしよりおねえさんだったが、しまいにはあたしと同じ年頃に見えるようになっていた。

しまいにはというのは、そう、あるときその子があたしに別れを告げたんだ。もうこのうちにはいられない、隣の村に移るって。行かないでくれとだだをこねてみたが、もう決まったことだと、向こうは動じる様子も寂しそうな様子もなかった。カミサマなんてのはそんなものだろうか、それまでも、一緒に遊んでいてもいつもどこか冷ややかだったっけ。けれどあたしが、隣村まで遊びに行くと言ったら、ちょっと考えてから、それなら四日後にしろと言った。それより前でも後でもいけないと。

あたしは指折り数えて四日待った。隣村まで行くなんて言ったらうちのものに止められるので、こっそり抜け出そうと折を見ていた。そうしたら、その子がいなくなってから三日後、庭の木の根方に珍しいキノコがたくさん生えているのを、うちで働く若い衆の一人が見つけたらしい。爺様は、そんなものは喰わぬがよかろうと言っていたが、誰かが、水につけてオガラでよくかき混ぜれば大丈夫などと言うのが聞こえていた。そうしてキノコ汁にして食おうってね。

あたしはそんな騒ぎに紛れて抜け出し、隣村まで歩いて行った。けれどあの子に聞いていたうちに行ってみても、そんな女の子のことなど知らぬと言われて、うちの前で待っていてもあの子が出てくることもなくて、あたしはくたびれた足を引きずって帰るしかなかった。帰ったらもう日が西に傾くころだった。

うちに入ってみると、まずひどい臭いが鼻を突いた。中の様子は、何と言ったらいいのか。家族は座敷で、使用人たちは厨で、みんな折り重なるように死んでいた。よほど苦しんだんだろう、お膳はひっくりかえり、障子やふすまは破れ、あちこちにいろんなものが吐き散らされていた……。

この間マヨイガに入って、ずらりとお膳が並んでいるのに人の姿がないのを見たら、そのときのことを思い出して……。

そこで女は立ちあがると、笊を抱えてうちの裏手へと出て行った。男はどうしていいかわからなかったが、言うべきことが見つからないときは黙っている方がいい、ぐらいのことはわかっていたので、黙ったまま座っていた。井戸のほうからしばらく米をとぐ音がしていたと思うと、女は戻ってきて竈に火を起こし、飯を炊き始めた。噴きこぼれてから火を引いて炊き上がるのを待つ段になって、女はようやく男の隣に戻ってきた。

そんなわけでね、うちの家の者は、あたし一人を遺してみな死んでしまった。野辺送りやなんかは村の人たちが集まって世話を焼いてくれたんだが、親類縁者を名乗る者がわらわらやって来て、実は爺様に金を貸してたとかなんとか適当なことを言って、うちの財産をむしり取っていったんだよ。世慣れた世話役の人たちも、あまりに急な災難でうろたえているところに付け込まれたんだろう。そんなわけであたしは七つの年で独りぼっちになった。ごうつく張りの親類縁者も、さすがに七つの子を裸で放り出すのは気が引けたか、あたしがどうにか暮らしていくくらいのものは残してくれていた。あたしはそれを持って、ごく遠いつながりの、だから財産をかすめ取って行くのにも加わらなかった子どものない夫婦の元で暮らすことになった。それでこの村にやってきたんだ。

金も宝もなくなるときはあっという間だと、あたしは骨身にしみた。あればありがたいし、無ければひどく困るけれど、余るほど増やしたところでどうというものでもない。この椀を使って金を増やして贅沢をしようという気が起こらないのは、そのせいだろうね。マヨイガがあたしにこの椀を与えてくれたのだとしたら、確かに福はもらったと思う。食べるものに困らなくて済むのは、そりゃありがたいよ。だけど、幸をもらったのかといえば、それはどうだろうね……。

そこで女は、飯が炊けたようだ、と立ち上がった。男の鼻にも飯粒が焦げる香ばしい匂いが届き、腹の虫が鳴った。そういえば今朝は飯も食わずにやってきたのだ。こんななりゆきで二人は、女がさっきこしらえていた佃煮(つくだに)と味噌汁、そして炊き立ての飯を差し向かいで食べることとなった。いくら使っても減らないからか、それとも客がいるので特別なのか、真っ白な米ばかりの飯だった。

あたしは思うんだけど、座敷童子ってのはカミサマかもしれないが、福をもたらすカミサマってわけじゃないんだろう。栄えているうちに住み着く、そのうちの運気が衰えたら去っていく。それだけなんだろうと思うよ。栄えるのが座敷童子のおかげってわけじゃない。かといって衰えるのが座敷童子のせいってわけでもない。向こうはそのことで心を痛めたりすることもないんだろうさ。カミサマだからね。ただあの子が、遊びに来るのは四日後にしろと言ったのは、もしかすると遊び相手のよしみで、あたしだけは三日後にやって来る災いから逃してやろうと思ったからかもしれない。けれどみんなに死なれてあたし独りだけ遺されて幸いだったのかどうか。一緒に死んでいた方が幸いだったんじゃないかとも、何度も思ったもんだがね……。

さすがに黙ってばかりは気まずくなった男は、あんた、口数が少ないと思っていたが、そういうわけでもないんだなと言った。すると女は、話をする相手がいなかっただけだよと答えたので、男はやはり言わなければよかったと思った。

その後はもう、ごちそうさま、うまかったとだけ言って帰った。だが何やら言い忘れていること、言わなければならなかったことがあるような気がして、居ても立ってもいられなくなることがその後何度もあった。そんなときはついあの女のうちに足が向いたが、そのたびに何か言い忘れた気分のまま帰ることを繰り返し、ようやく「あんたが死なないでいてくれてよかった」と言えるまでにずいぶん長い時間がかかったのだった。

さて、座敷童子が去った家で生き残った女の子は、その後どこにも嫁がぬまま亡くなったという話がある。また、マヨイガから椀を与えられた女については、そののち家族に囲まれて賑(にぎ)やかに暮らしたという話がある。どちらが正しいのか、それともどちらとも間違っているのかは、誰にもわからない。

喫茶マヨイガ

潮ノ道の町は雨が少ない。潮ノ道三山と呼ばれる三つの山と、対岸の詩島によって四方を囲まれた形になり、雨雲が遮られるからだと聞く。標高二百メートルに満たないなだらかな山々が本当に雲をブロックしてくれるのか知らないけれど、この町に雨が少ないのは本当だ。多くの人が穏やかな晴天の空と共に思い浮かべるであろうこの町が、今私が見ているような姿を見せることは珍しい。濃い霧に包まれているのだ。

潮ノ道旧市街と言われるエリアは平野部が少なく、瀬戸内の海べりに山裾が迫っているので、山の斜面につみあがるように町並みが形成され、さながら立体迷路のような景色となっている。ただし、迷路とはいってもあまり迷うことはない。家と家の間を無数の小道が縦横に行きかっているので、生まれも育ちもここである私でも通ったことのない道が多く、気まぐれに歩いていると今どこにいるかわからなくなることはある。しかし、坂を下りて行きさえすれば必ず海沿いを走る鉄道と国道にいたる。坂を下りる途中には家並みの間から青い海が光っているのも見えて、行く手を見失うことはありえない。潮ノ道では小さく迷うことはあっても大きく迷うことはない、などとも言われるのだ。

それなのに、もうどれほど坂と石段の道をさまよい続けているだろう。二時間？　三時間？　潮ノ道三山の一番高いところからでも、一時間も坂を下れば国道に出るはずなのに。あたりは灰色の霧に包まれ、道の両側の家もぼんやりと浮かぶだけだ。坂を下りた先にあるはずの海も全く見えない。一体今何時ごろなのだろう。いや、そもそも私はどうしてこんなところを歩いているのだったか。潮ノ道らしい町並みとして観光客には人気だが、地元民が日常の買い物をする店があるわけではない。こんな霧の日に散歩に出た記憶もない。

だがとにかく坂を下りていれば間違いないはずだ。道に従って、ときに右に折れ、左に曲がりしながらも、下へ下へ……。周囲は民家のはずだから、チャイムを鳴らして道を聞いてみようかとも思った。しかし、霧の海に輪郭だけ浮かぶ家々はどうにもよそよそしかったし、聞いてみたところで「坂を下っていけば国道に出る」以外の答えはあり得ない。そのようなことで知らぬうちの人に迷惑をかけるのは気が引けた。

もう惰性のように足を動かし続けていると、灰色の霧の海からそこだけ浮かびあがったかのように、彩り鮮やかな建物が目の前に現れた。薄緑に塗った木の柵に囲まれ、腰高の門はそれより濃い緑で、お客を迎え入れるように大きく開いている。銅板の表札には「喫茶　マヨイガ」と書かれていた。前庭の花壇にはフリージアやクロッカスが咲き乱れていて、その向こうには赤い扉に赤い屋根、壁は柔らかなベージュ色の家があった。扉にかかっている札に、どうやら「ＯＰＥＮ」とあるようだ。営業中の喫茶店というところか。

営業中の店ならば、入ってみても迷惑ではあるまい。何か注文して、ついでに道を聞いてみればいい。腕に提げていたバッグの中に財布があるのを確かめて私は門を入り、建物の扉を開いた。

風鈴のように高く澄んだドアベルの音がした。足を踏み入れた先は確かに喫茶店のようだったが、中には誰もいなかった。右手にカウンターがあり、二人掛けや四人掛けのテーブルがいくつかの、それほど広くない店だ。湿っぽく薄ら寒かった外と比べて、店の中は明るく、からりと乾いて暖かかった。テーブルとカウンターの上には野の花を挿した花器がいくつも置いてあり、壁のいたるところにも花器が吊るしてあって、花咲く草原に迷い込んだような気分になった。窓にはシェードが下ろしてあって、外は見えない。今日の天気ではいずれにしろ、景色を楽しむことはできないだろうけれど。

一番目を引いたのは、カウンターやテーブルの上にあるものだった。コーヒーや紅茶らしきものが入ったカップ、ジュースのグラス。ショートケーキやタルト、サンドイッチを盛った皿。まるで花畑のように色とりどりだ。どれも手をつけた様子はなく、注文に応じてたった今サーブされたかのようだった。お客も店員もいないのに……。もしかすると、予約のお客たちが今にもやってくるところだろうか。店員は厨房に引っ込んで続きの準備をしているところかもしれない。

ならばじきに誰か出てくるだろうと、私は皿の置かれていないカウンターの席に座って待つことにした。そうしてみて、自分がずいぶん空腹であることに気づいた。喉も渇いている。他の席に置いてあるケーキやサンドイッチやジュースに引き寄せられる視線を無理やり外して、店内を見回した。居心地のよさそうな店だ。子どもの頃から住んでいる潮ノ道旧市街にこんな店があるとは知らなかった。

五分待っても十分待っても誰も出てこないし、誰も訪れてこない。すみません、ごめんくださいと遠慮がちに声をかけてみたが、反応はなかった。諦めて帰ってしまおうか。いや、帰るといっても道がわからないのだった。店の人が出てくるまでは待たなければ。それにしてもおなかが空いた。ここに出ているものをいただいてしまってはいけないだろうか。コーヒーも紅茶もずいぶん冷めているだろうし、ケーキやサンドイッチもこのままでは乾いてしまう。どうせお客が来ればいれ直し、作り直さなければならないだろう。それなら私がいただいてもいいのではないか。お金はちゃんと払うのだから。

いやいや、そんなことをしてはいけない。こんなふうにサーブされている以上、何か予定があってのことだろう。勝手に食べては迷惑をかけてしまうかもしれない。人さまに迷惑をかけることをしてはいけないのだ。幼いころ母によく言い聞かされていたことを思い出し、子どものようだと私は一人で苦笑した。

そのとき、ドアベルが鳴った。おずおずとためらうような音だった。ようやく予約客がやってきたかと見てみれば、そこにいたのは小さな女の子だった。小学校の低学年というところか。こんな子が一人で喫茶店に来るとは思えない。まして予約客であろうはずがない。ドアからのぞいて、入っていいかどうか迷っているようなので、どうしたの、と声をかけてみた。

「道が、わからなくなって……」

女の子は細い声で言った。どうやら同じ境遇だ。大丈夫よ、入りなさいとドアのところに行って迎え入れた。トレーナーの肩に手を置くと、しっとりと湿っている。かなり長い間、外の霧の中を迷っていたのだろう。

カウンターのスツールは高すぎたので、あいている二人掛けのテーブルにつかせて私もその向かいに座った。女の子は肩に力を入れて、うつむいたままでいる。

「ねえ、おなかが空いているのでしょう」

女の子はかぶりを振ったが、さっきまでの私と同じように、ほかのテーブルの上にあるケーキのお皿に目を向けまいとしているようだ。私は立ち上がり、サンドイッチとタルトの皿とジュースのグラスをこちらのテーブルに持ってきた。

「いいからお食べなさい。おねえさんがご馳走してあげるから」

『おねえさん』というのはちょっと図々しい年齢だが、そんなことはどうでもいい。女の子はまたかぶりをふった。

「ママが怒るから」

涙交じりの声でそんなことを言う。よほど食べたいに違いないが、親のしつけが厳しいのだろう。着ているのは、洗濯はされているがかなりくたびれたトレーナーとスカートで、あまり豊かな暮らし向きでないことは察せられた。

「ママに黙って人からものをもらっちゃいけないの。人のものを欲しがったりするのはみっともないの」

女の子は泣き出した。

人のものを欲しがってはいけない——それは私も子どもの頃、母によく言い聞かされたことだった。長い闘病の末に父が亡くなり、母と幼い私の暮らしは一時ひどく困窮していた。私はまだ理解できる年ではなかったが、生活保護を受給していた時期もあったはずだ。

当時の私たちはひたすらつましく暮らしていた。日ごろはおやつを買ってもらうことなどなく、私の誕生日にだけ、一番安いケーキを一つ買って二人で分けて食べた。本当にゆとりがなかったこともあるだろうが、今思えばそれよりも、母が人の目をひどく気にしていたからだろう。生活保護を受けているくせに贅沢をしていると言われる、いや、実際に言われたかどうかはわからないが、そんな目で見られるような気がするだけで我慢ならなかったようだ。勝ち気で神経質なところのある母だった。

だから、人から物をもらうことも嫌っていた。お返しをするゆとりのない頃、ものをもらうのは施しを受けるのと同じと思っていたらしい。私が近所の友達のうちに遊びに行って、それまで知らなかったお菓子（苺のタルトというものを見たのはそれが初めてだった）をおやつに出してもらったことがある。うちに帰って母と食べようと、今はおなかいっぱいだというと、そのうちのお母さんは親切に、ラップに包んで持たせてくれた。我が家の窮状を察していたのかもしれない。ところがうちに持って帰ると、母は喜んでくれるどころか、欲しいとねだったのではないかと怖い顔をした。そのタルトは、結局二人で食べたのだろうが、味は少しも覚えていない。とにかくそれ以来、人の食べているものを決して欲しいと言わない、母の見ていないところで何かくれるという人がいても決してもらわないと約束させられた。そうしてことあるごとに、人さまに迷惑をかけてはいけないと言い聞かされた。今思えば、そうすることで母は矜持を保っていたのだろうと思う。

だから私は今でも、人にものをねだることができない。人に迷惑をかけることは決してしたくない。この女の子も似たような育ち方をしているのかもしれない。そのしつけがまるきり間違っているとは言わない。けれど。

私は立ち上がり、カウンターの向こうの、店の奥に通じるらしい扉に向かって声をかけた。

「ごめんください。誰かいませんか！」

さっきまでとは違う大きな声になった。

「注文したいんです。子どもがおなかをすかせているんです。誰かいるなら出て来てください！」

人に迷惑をかけてはいけないけれど、自分のためではない、目の前でおなかをすかせて泣いている子どものためだと思うと、今までの人生で一番大きな声が出た。そうだ、子どもの頃だって私はこうしたかったんだ。必要なことは必要だと、欲しいものは欲しいと、大声で言ってみることは間違っていないのだ。かなえられなければそのときまた考えればいいだけのことだ。大声で言ってみれば、応えてくれる者があるかもしれない。ほら。今のように。

店の奥から黒いエプロンをつけた若い男が出てきた。

「お待たせしました。どうぞお好きな席へ」

「どなたかの予約ではないの」

「いえ。欲しいとお思いになった方どなたにでも、召し上がっていただいて構いません」

気づいてみれば、くたびれたトレーナーを着たあの女の子の姿は消えていた。ドアベルの音はしなかったから店から出て行ったわけではない。でも私は少しも不思議とは思わなかった。そのまま椅子にかけ、さっき女の子のために持ってきた皿からフォークを取り上げて、タルトを一口切り取った。苺の甘酸っぱさ、カスタードクリームのまろやかな甘さ、クラストの香ばしさが口の中に広がった。そうか、苺のタルトはこんな味だったんだ。大人になってからは何度も食べたはずなのに、まるで初めて食べたような気がした。

気がついてみると、私は見なれた坂の途中にいた。あれほど濃かったはずの霧はどうしたのか、空はきれいに晴れて、家並みの間からのぞく眼下の瀬戸内海は青く輝いていた。

私の迷いも晴れていた。今の私が自分の手には余る問題を抱えていることを、今更ながら思い出していた。それが解決したわけではない。ただ、助けてほしい、助けが欲しいと声を上げてみよう。それは恥ずかしいことでもみっともないことでもない。

自分の中の小さな女の子のために、必死になってみよう。
私は坂を下り始めた。

最後の望み

矢崎存美

矢崎存美（やざき・ありみ）

埼玉県生れ。１９８９年『ありのままなら純情ボーイ』でデビュー。著書に、「ぶたぶた」シリーズ、「食堂つばめ」シリーズなどがある。最新作は『あなたのための時空のはざま』。また、矢崎麗夜名義で、１９８５年『殺人テレフォンショッピング』で第７回星新一ショートショートコンテスト優秀賞受賞。

今日はいい天気だ。

窓からの光とわずかな風の匂いに、倉石悦司(くらいしえつじ)はそう思う。

今日は誰も来ないかもしれないな。そんなことも思う。

入院してから、何日たったのだろう。

最近――と言ってももう時間の感覚も曖昧なのだが――たまにこうして目覚める。

起き上がれる時もあったが、今日は無理そうだ。

自分の命はもう長くない。

初めてそう感じた時から、どれくらいたったのだろう。いい加減お迎えが来てもいい頃なのだが、とりあえずそれは今ではないかもしれないし、三日後かもしれないし、一分後かもしれない。自分にはもうそんなに違いはないようだが。

九十年近く生きたのだから、これ以上生きたいとは思わなかった。妻も亡くなっているし、入院し続けたら息子に悪い。自分の貯蓄でなんとかなる程度で死にたい。

目が覚めていても身体は言うことをきかないし、うまくしゃべることもできないので、考えるくらいしかすることがない。最近はずっと同じことを考えている気がする——。

「こんにちは」

頭上から声が聞こえた。

誰だろう？　聞いたことのない声だ。病院の人だろうか？

「倉石悦司さんですね」

うなずいたが、

「お声は出るはずですから、お返事していただけますか？」

と言われた。

いや、声など出るはずない。もうまぶたすら動かないのだから。

「大丈夫ですよ。目も開けられます。やってみてください」

穏やかで優しげな声だった。医師かもしれない。主治医ではなく、別の。なんだろう。奇跡でも起こったのか？　でも、もうそんなに長生きしなくてもいいんだけれど……。

そう思いながらまぶたを動かすと、あっさり目が開いた。えっ⁉　見えたのは見憶えのある白いそっけない天井だけだったが。

「起き上がることもできるはずですよ」

そんなまさか――しかし、手にはしっかり力が入り、ふとんから身体が久しぶりに離れた。

ベッド脇の椅子に座っていたのは、見知らぬ中年男性だった。丸顔に黒いスーツ姿。柔和な顔立ちだが、あ、もしかして葬儀屋？

「いえいえ。でも似て非なるものです」

「……どうして俺の考えてることがわかる？」

口に出していないのに。

「わたし、実は人間ではないものですから」

その答えへの返事は、なかなかできなかった。そのかわり、周囲を見回す。病室に変わりはない。二人部屋で、隣のベッドは空っぽだった。ずっとそうだったのかどうかはわからない。窓には感じていたとおり、穏やかな光が差し込んでいる。

「……人間ではないって？」

やっと返事をしたが、それは単なるオウム返しだった。

「倉石さんをお迎えに参りました」

質問には答えず、彼はにっこり笑ってそう言う。

「お迎えにってことは……俺は死ぬのか？」

「そのとおりです」

思わず自分の身体を見下ろす。確かにさっきまではどこも動かず、意識もずっと朦朧としていたが、今は普通に動かせる。

「とても死ぬような状態じゃないんだが」

「いえ、これは幻です。わたしの姿も他の人には見えませんから。あなたは今、本当はベッドに寝ているだけですよ」

……なんだ、そういうことか。ほんの少しがっかりした。

「がっかりなさったということは、身体が動いたらやりたいことがおありでしたか?」

「いや、そういうわけじゃないんだ。治ったのかな、と一瞬期待したもので」

そんな都合よくはいかないよな。

「さすがにわたしに治す力はないんです。申し訳ありません」

「あんたが謝ることはないだろう?」

「お迎えに来た」ということは、いわゆる死神……みたいなものだろうに。

と考えて、はっとする。

「そうです。いわゆるそう呼ばれているものと考えてくださってけっこうですよ」

丁寧な口調で、あくまでもニコニコしながら彼は言う。

「誰にでも来るものなのか？」

「さあ？　わたしはわたしの仕事をするだけですけれど、一人ではすべて回りきれないとだけ言っておきましょう」

死神ってたくさんいるのか……。まあ、年寄りが増えれば、それだけこういう人が忙しくなるってことだ。

「俺は、すぐに死ぬってことなのか？」

「いいえ、少しの猶予（ゆうよ）があります。死ぬ前に、一つだけ願い事をかなえられるくらいには」

ああ……死神というより悪魔のようなことを言う。

「いえいえ、特に代償は求めませんし、かなえられるのはささやかなことだけです。――というのも悪魔のささやき的に聞こえるかもしれませんが、本当に大丈夫ですよ」

先回りして説明してくれる。

「たとえばどういう願い事をかなえてくれるんだ？」

「よく耳にしませんか？　亡くなる前に突然意識がはっきりして、ちゃんとお別れが言えた、みたいなこと」

確かに――ずいぶん前、会社の人からじかに聞いた記憶がある。「ずっと意識がなかったのに、突然はっきり話しかけてくれて、うれしかった」と言っていたような。

「たいていの方はそのようなことを望みますね」

「そういうんじゃない人もいるのか」

「いらっしゃいますよ。でも基本、こちらがかなえられるかどうかですから、だめなものはだめなんです」

「……なるほど」

「あなたにももちろん権利がございます。最後の望みはなんですか？」

そう改めて訊かれると、身構えてしまうが——考える間もなく、一つの望みが浮かぶ。

「……一つだけあるんだけど」

「なんでしょうか？」

悦司は一瞬ためらったのち、一気に言った。

「娘の自殺を止めたいんだ」

「娘さん——自殺されたんですか？」

そう質問した死神の顔は無表情だった。

「そうだ。今から二十年前に……」

理佳子は、四十歳で死んだ。病気を苦にした自殺だった。

発見したのは、幼なじみで、悦司たちも知っている女性だ。

『久しぶりに会って話したいって言ったのに、約束した時間に来なかったから、マンションを訪ねたんです。そしたら、台所側のジャロジーから……見えて……』

首を吊った理佳子の姿が。

警察から連絡が来て、駆けつけた時には、もう病院で冷たくなっていた。

「それは……お辛かったでしょうね」

死神のくせに、悲痛な顔で言う。あっ、これ向こうにわかってるんだった……。

「あ、お気になさらず。人間ではありませんので、大丈夫です」

なんだろうか、大丈夫って……。説明されてもわかる自信がないが。

「重いご病気だったんですか？」

「難病指定されてた病気だったけれど、あとから調べたら薬も開発されていたし、それが効く可能性もあったんだよ。あきらめてしまう前に相談してくれたら、と思ったんだ。でも、病気はそれだけじゃなかった」

幼なじみや警察から聞いたのだが、長い間うつ病も患っていたという。そのための発作的な自殺ではないか、と言われた。

「全然知らなかった……。まったく話してくれなかったから」

「心配をかけたくないという方もいらっしゃいますよね」

「そういう問題じゃなかったと思うんだ……」

　娘が親に何も相談しない状況を、いつの間にか自分たちが作っていたということに、その時初めて気がついたのだ。

「ご家族も嘆かれたでしょう?」

「それはね……」

　妻――つまり母親の史代（ふみよ）も、弟の竜也（たつや）も呆然としていた。悲しみはもちろんあったが、それよりもショックが大きく、その頃の記憶ははっきり言って曖昧だ。今でもあまり家族で理佳子の話はできない。

　しかし実は、それには明確な理由がある。自分も含め、妻も息子も、理佳子との思い出がほとんどないのだ。

「ほう、それはなぜでしょう?」

「理佳子が三歳の時に竜也が生まれたんだが、この子に病気が見つかってね。女房は竜也にかかりきりになってしまったんだ」

　息子が何度か手術を受けて健康体になるまで、史代は理佳子のことをあまりかまえなかった。おとなしくわがままを言わない子だったから、本当にありがたい、と当時は思っていた。

「あなたも息子さんにかまけていたのですか？」

「……そうだよな。そう言われると思った」

息子の治療費のためにいっしょうけんめい働いていた、というのは、今となっては言い訳に過ぎない。本当のことだとしても。あの頃は本当に忙しくて、朝から晩まで、休日も働いていた。自分も疲れていて、娘をかまう余裕がなかったのだ。

息子の入院時の理佳子の面倒は、自分と妻の両親が協力して見てくれた。理佳子のことを四人はそれはかわいがり、孫の世話を通して、彼らはとても仲良くなった。それはそれでよかったことだと思っている。

「理佳ちゃんはおとなしくて、いい子だね。いつも絵を描いて遊んでるよ」

そんなふうによく言われたものだ。学校の行事もほとんど両親たちにまかせきりで、運動会や参観日へ行った記憶もない。もう確かめられないが、史代もおそらくそうだったろう。発表会やコンテストなどで賞を獲(と)ったことも、あとから教えてもらっていた。それを特にほめた記憶もない。

「働き盛りならば仕方ないとも言えますが」

「俺が順当に先に死んでたら、そういうことで終わったかもしれない。でも、思い出がないって気づいたのは理佳子が死んだ時なんだ。あの子がこういう寂しさを味わっていたのか、と思うと申し訳なくて」

単なるわがままであり、後悔先に立たずというのは本当なのだ。もっと早く気づいていたら、と何度も考える。最近は特に。身体が動かなくなってからは、意識がわずかにあっても何もできないから、こういうことばかり思い浮かぶ。娘を死なせたのは自分なんじゃないか、と。

「ご結婚というか、あなた方以外にそういう近しい方はいたんですか？」

「いや、独身だった。家族は俺たちだけなのに、頼ってくれなかったんだ。昔からそういう子だったんだけど……」

頼ろうにもそばにいなければ、そういう存在にはならない。それを理佳子は、小さい頃に身をもって悟ったのだろう。祖父母に対してもいつもいい子だったのは、きっと遠慮があったのだと思う。安心して甘えられる大人が、いないまま大きくなったのだ。

「中学高校も特に問題を起こすことなく、本当に周りがうらやましがるくらい『おとなしくて真面目ないい子』だった。成績もよかったし、進路も自分で決めて、大学にもすんなり合格した」

受験の時に何かをしてやった、という記憶もない。お守りを買って渡したくらいだ。近所の神社で買ったものだが。

「就職を東京に決めた理佳子は家を出て、以来あまり家に帰ってこなくなった」

「どうしてなんでしょう?」

「……俺がそう訊くと、『忙しいから』って言っていたけど、多分、家にいたくなかったからなんだろうな」

「東京が楽しいから、遊んでばかりなんだろう」みたいなことをつい言ってしまった。会社で仕事を憶えようといっしょうけんめい働いていたはずなのに。自分だってそうだったのに。

何か話のきっかけになるようにと、いつも茶化したようなことばかり言っていたように思う。ため息をつかれて、無性に腹が立ったこともあったが、あれは多分「何もわかってない」という気持ちの表れだったのだろう。

「お母さんや弟さんとの関係はどうだったんですか?」

「女房も俺と同じようだったんじゃないかな……。息子とは自然に話していたけど、娘には負い目があったのかもしれない。なんとなくぎこちないようにも見えた。そんなに話さなくても、特に問題が起こらなかったんだろう。女の子だから、特有の悩みがあったはずだろうけど……俺の知っている限りでは、一緒に買物や二人で遊びに出かけたりもしなかったな。俺もそうだけど。

息子とも、よくわからないんだ。別に仲が悪いようには見えなかったけど、それはケンカするほどの近さがなかったからかもしれない。姉が亡くなった時、泣いていたけど、それがどんな涙だったのか、聞いたことはないよ」

聞く勇気もない。多分、知らないまま死ぬのだろう。

「娘が中学生くらいになってから、どこかへ出かける時、自分は留守番したいって言い出すようになって、特に気にもせずそのとおりにしてたけど……結局は家の中が三対一になっていたんだな、と今となっては思うよ」

あまりいい思い出のない家に戻ってこようなんて、普通の人間なら思わない。

「理佳子さんは東京で何をされていたんですか？」

「亡くなった当時は、絵の仕事をしてたんだ。これも知らなかったんだけど。俺たちはずっと、上京した時に入った会社で働いているって思っていた」

「そうなんですか」

「俺は——俺だけじゃなく、女房も息子も、娘の交友関係を知らなかった」

葬儀を前にして、いろいろ連絡をしなければならなくなった時のことを思い出すと、今も胸がキリキリと痛む。悦司たちには、理佳子の携帯電話の画面に並んでいる名前や番号を見ても、誰に連絡すればいいのかわからなかった。友だちか仕事関係の人かの区別もつかない。

「片っ端から連絡するしかないよ」

と竜也が言い、そのとおりかけ出したけれど、携帯番号の人は出てくれないのだ。

「知らない番号だと出ないで無視する場合もあるからな……」

竜也の言葉にショックを受ける。理佳子の携帯からは、電話できない。死んだ時に止めたくなくても止めるしかなかったので。

結局、唯一名前がわかる幼なじみに電話をして、彼女から連絡を回してもらうしかなかった。遺体発見時にずいぶんと迷惑をかけてしまったから、心苦しかったのだが。

通夜や葬儀では、集まった人みんなが泣いていた。だが、その中で悦司たちが知る人はあまりいなかった。東京での知り合いは仕方ないとしても、学生時代の友人のこともほとんど知らなかった。

皆それぞれに思い出話を語っていたが、それは知らないことばかりだった。人々の声が遠くから聞こえてきて、自分がどこにいて、誰の葬式に出ているのかも、わからなくなってしまった。わからないまま、終わってしまった。

「俺は、それだけは強烈に憶えてるんだ」

自分の娘の葬式なのに、ちゃんと悼むことができない。語るものがある彼らと、何も語れない自分を、もう一人の自分がどこかからながめているような感覚に襲われたのだ。

「四十九日の時に、菩提寺（ぼだいじ）の住職に言われた言葉もこたえたな」

と言っても、何かとがめられたわけではない。娘のマンションから持ってきた絵が、包まれたまま居間に置いてあったのだ。飾ることもできないまま。何かの拍子でそれの包みがはずれ、直している間、住職がその絵をじっと見つめていた。そして独り言のようにこうつぶやいた。

「寂しい絵だな」

と。

「あなたもそう感じたんですか？」

死神は首をかしげた。

「いや……はっきり言ってよくわからなかった。それもショックだったんだ。きれいな絵だな、とは思ったけど」

ただの風景画で、おそらく住んでいた場所近くの川を描いたものだ。他にもたくさんあるが、いまだにまともに見られずに、しまいこんだままだ。

「どこを描いたのかもわからないし、その絵に表れてる娘の感情もわからない」

「それは仕方ないようにも思いますけど。死んだ娘さんの絵ですから、冷静には見られないものじゃありませんか？」

「でも、母親も弟もだよ」

「肉親は、そういうものかもしれません。わたしにはよくわかりませんけどね」

「家族の絵も一枚もないんだ……」

「人物が苦手って人もいるそうですし」

そうかもしれない。何を描くのが得意で、何が苦手かも知らないから。

「でもその時、うちの家族は本当はバラバラなんだな、とわかったよ」

口には出さなかったけれど。

「女房と竜也はそれなりに立ち直ったようだけれど、俺は……」

言葉が出なかった。立ち直れていないと思っていても、表には出さなかったし、そのままこんなに長生きをしてしまった。

「娘が死んで、しばらく呆然としていた女房は、竜也が遅い結婚をして孫たちが生まれてからはやはり息子家族にかかりきりになったよ」

もう息子も結婚せず、孫も抱けないとあきらめていたので、それは喜んだのだ。久しぶりに史代の笑顔を見た。竜也の妻はだいぶ歳が離れていたが、史代とは仲良くやっていたようだ。

「そんな女房も三年前に死んだよ」

突然倒れて、数週間の闘病ののちに静かに亡くなった。

「女房にもあんたのような人は来たのかな?」

「おそらくは。どんな望みかはわかりませんが」

「娘にも来たのかな……」

「自殺の場合はどうなんでしょうね。担当ではないのでよく存じ上げないのです」

それを聞いて、さらに申し訳ない気持ちになった。娘にも、死神にも。

「孫が生まれてから、理佳子のことを考える時間がどんどん増えていったんだ。二人とも男の子だったけど」

まだ小学生で、両親を手こずらせているようだが、そういう記憶すら悦司にはない。

「何か結論は出ましたか？」

死神はそんな疑問を口にする。

「結論ね……こうなった原因ってことか？　それは……俺が、不器用だったからかな」

結論というか、そういうことくらいしか浮かばなかった。何度も何度も考えたが。

「理佳子のことがかわいくなかったわけじゃない。もっといろいろ話がしたかった。でも、どう話しかけたらいいのかわからなかった。元々俺は口下手だったし、ほめた記憶もない。なんか照れくさくて。気の利いたことも思い浮かばなかったし」

自分が不甲斐なかったから、というのは痛感している。史代が息子にかかりきりになってしまった時、自分が娘のフォローをすべきだった。それは充分すぎるほどわかっている。

「なるほど……」

死神は、なんだか考え込んでいるような顔になった。そしてしばらくして、こんなことを言った。

「あのー、わたしがこんなことを言うのはおこがましいのですが」

本当に恐縮しているような態度と表情だった。

「何？」

「わたしたちはお会いする方に必ず『最後の望み』をお訊きするんですね」

「何度も訊いて悪いけど、ほんとに？」

「そうです」

「それは……知らなかったな」

聞いたことがない。

「みなさんそのあと死んでしまいますからね。情報を共有するのは不可能なんですよねー」

……言われてみればそうだ。

「でも、『最後の望み』を全部かなえられるわけではないのです」

「うん、だめなものはだめなんだろう？」

「そうです。ご説明して納得していただきますけれど」

「で、『最後に家族と話したい』っていう人が多いんだろう？」

「はい」

二つ望みをかなえてもらえるなら、自分も息子と話したい。自分の失敗をくり返してもらいたくないから。

「なぜそう望むのか、とたずねると、

『家族への感謝を伝えたい。いい人生だったと伝えたい。自分は不器用だから、今まで伝えられなかった』

と言われる方が男女問わずとても多いんです」

俺みたいなのはやはり多いのか。

「でも先日、こんな方がいらっしゃいました。そう望みながらも、結局は何もせずに死んでいった方です」

「それは……どういうこと？」

「その方の言葉をそのまま伝えますとですね——

『俺は不器用だった。だから、今まで感謝や思いやりを伝えられなかった。家族や周囲の人は俺のことを冷たい人間だと思っているだろう。それを誤解だと知っているのは俺だけだ。

でも、不器用をどうにかしなかったのは、俺自身だ。変える機会はいくらでもあったのに、それをしなかったのは、他でもない、俺がしなかったから。それは「不器用だから」じゃない。したくなかったからなんだよ。自分を変えるのがめんどくさかっただけだ。「不器用だから」「口下手だから」「照れくさくて」なんて体のいい言い訳にすぎない。いくら本気で相手のことを考えていても、言ってなかったらそう思っていないのと同じだ。死ぬ今になって、それがよくわかった。

最後の最後に「それは誤解だった」って言ったからって、それがうれしいのは俺だけだ。突然いい人間になって、家族を戸惑わせる資格は俺にはない。面倒な父親がいなくなってせいせいするって思われて死ぬのが、ふさわしいんだよ』

——そうおっしゃって何もせずに死んでいきました。他の望みもおすすめしましたが、拒否なさって」

悦司は、言葉に詰まった。「不器用だから」「口下手だから」「照れくさくて」——どれも心の中で自分のことをあらわして言っていたことばかりだ。

「そ、そうは言っても、最後にそういう人から感謝を伝えられて、喜ぶ家族もいただろう？」

「もちろんです。その言葉で救われたと言っていた家族の方もいらっしゃいます。そして一方、『今さら言われても』という家族の方もいらっしゃいましたね。どちらが多いとは言えないです」

悦司はがっくりと肩を落とした。その男性の気持ちが、痛いほどわかる。ちょっと泣きそうになって、思わず目頭を押さえた。

「あ、すみません。言葉が過ぎました。ちょっと気になったので言ってしまっただけです。忘れてください」

あわてたように彼は言って、いつの間にか手にしていた四角い板のようなものをのぞきこむ。

「それで……かなえたいのは、娘さんが自殺なさるのを止めたい、ということですよね？　そのお望みは問題なくかなえられますよ、すぐに——」

「ちょっと待って」

悦司は話を止めた。

「なんでそんな話を俺にしたのか、最後まで説明してくれ」

「……お怒りですか？」

「いや、怒っていない。ほんとに。ただ聞きたいだけだ。理由があるから言ってくれたんだろう？」

少なくとも自分にはそう思えた。死神はためらっているようだったが、やがて口を開いた。

「いえあのう、あなたの望みは『娘さんが亡くなるのを止めたい』ということでしたけれど、本当に望んでらっしゃるのは、『娘さんとの思い出を作りたい』ではないかと感じたのです」

　そう言われて、腑に落ちた気がした。

「それで、そう言おうかな、と思ったのですが、それは出過ぎたことだな、と――」

「他の人にもそういうふうに思うことってあるのか？」

「言っていることと望んでいることが違うなと感じる時は、たまに」

「提案して、受け入れてもらえる？」

「それはその時によりますし、ご本人が決めることですから」

「……ちょっと考えさせてくれ」

　悦司はそう言って、しばし黙考する。

　言われてみれば、確かにそうなのだ。娘の命を救いたいという気持ちはもちろんある。でも、その奥底にあるのは、娘ともっと思い出を作れば――というより、娘と自分がもっと仲が良ければ、あの時、自殺は選ばない人間になっていたかもしれない、ということなのだ。病気になっても相談してくれたかもしれないし、もっと身近に接していれば娘の不調に気づき、早めに治療ができていたかもしれない。

　このまま娘が自殺した日に戻っても、思い出はそこからの積み重ねだけになってしまう。それもまた大切だろうが、ずっとぎくしゃくしていたのに、果たして改めて良好な関係を築けるのか。ずっと心を開いてくれなかったのに、これからは腹を割ってくれと言われても、あっちは戸惑うだけだろう。

戻るとしたら、娘が生まれる前だ。その頃の自分に、娘が生まれた時からちゃんと慈しみ、たくさん接して、話を聞き、見守らなければならないと伝えたい。

「あっ」

その時気づく。

「戻りたいって漠然と言っていたけど、どう戻ることになるんだ？」

「タイムトラベルと同じようになりますね。今のあなた自身がその時間その場所へ行きます。娘さんや自分自身との多少の接触も大丈夫です」

「もっと昔に戻る場合も？」

「そうですね。同じです」

そうか……。娘の自殺を止めたとしても、七十歳近い自分に「娘との思い出を作れ」と説得しなければならない。それはとても困難なように思えた。それに作れたとしてもやはりたったの二十年……。まだ若い自分に同じことを言う方がいいように思える。

でも、若い自分がそれを聞いてくれなかったら？

「そうなったらどうなる？」

「今と何も変わりません」

あっさりと言われる。予想していたことだが。

やはり、自殺した日に戻って、確実に娘の命を救う方がいいのだろうか。その方が後悔しないだろうか。

どちらにしたらいいのだろう……。

迷いすぎて、どちらも選べないとすら思う。

「……どうしたらいい？」

死神にたずねる。彼はまた四角い板のようなもの（タブレット、とかいうのだっけ？）を見てから、

「どちらも問題なくかなえられますので、あとは本当に倉石さんの選択次第です」

と答えた。

「あんたの意見を聞きたい」

「わたしは本来意見はできない立場なんです。先ほどは本当に出過ぎたことを言いました」

死神は困ったような顔になる。

「それに、あなた自身が決めないと、それも後悔することになると思うのですが」

「そうなんだよ。それはわかってるんだけど……」

悦司はじっと考え続けた。

「すみません、わたしが余計なことを言ったばっかりに……」

「いや、あんたのせいじゃない。俺が自分の一番の望みがわからないのがいけないんだ」

そう言って、ハッとなる。自分の一番の望み……。

『不器用をどうにかしなかったのは、俺自身だ』

何もしないことを選んだ男の言葉を思い出す。

この不器用ささえなければ、というのは、娘が生まれる前から思っていたことだった。学校で人間関係に悩んだ時や、会社で要領よく動けなかった時などにも感じてきた。

『寂しい絵だな』

と言っていた住職の声が甦る。

自分が後悔しているのと同じくらい、娘は寂しかったはずなのだ。

自殺した日に戻れば、娘は確実に助かる。けれど、寂しい思いはそのままだ。

『それがうれしいのは俺だけ』

自分の満足ではなく、娘のことを思えば、娘が生まれる前の自分に会いに行く方がいいのかもしれない。

……娘の命を救う、というのは何ものにも代えがたいことなのだが、それよりも、自分が不器用さを捨ててくれることに賭けるしかないのか。若い自分ならばそれができる——と思いたい。

『言ってなかったらそう思っていないのと同じだ』

若い頃の俺は、それを理解してくれるだろうか。

自分を信じるしかないのか。

「決めた」

悦司は顔を上げる。

「娘が生まれる前に戻してくれ」


死神に引率されて連れてこられた日は、理佳子の誕生三日前だった。おそらくその頃が一番話がしやすそうだ、と悦司自身が決めた日だ。

そして、やってきた場所は、なつかしい匂いがした。

ああ、これには憶えがある。勤めていた会社の工場裏に漂っていた塗料の匂いだ。

この匂いがしなくなるところまで行って、よくタバコを吸っていたっけ。

タバコは四十代で病気をしたのでやめたが、この当時——三十歳くらいの頃は、ヘビースモーカーだった。一日に二箱ほど吸っていただろうか。

よく休憩していた場所——板材が積み重なったコンテナの陰をのぞきこむと、いた。

若い自分が作業着姿で座り込んで、一人でタバコを吸っている。

これが自分だとは一瞬信じられなかった。

とても不思議だが、でも……確かに自分なのだ。

どう話しかけたらいいのか、少し逡巡する。まったく相手にされないかもしれない。工場に戻ってしまったらどうすればいいのか。説得力ある話し方ができる自信がない──。

でも、そう思って考えているうちにタイミングを逃し、何もしないままあきらめていたのが、今までの自分だ。そのツケが何年もかかって回ってくると知らなかったから。

「『当たって砕けろ』でしたっけ?」

死神が言う。

「そうだな」

悦司は、若い自分に近寄っていった。死神はコンテナの陰に隠れた。

足音に気づいて、彼が顔を上げる。こちらを見て、ちょっと驚いたような表情になる。

そういえば、年を取ってから顔が祖父に恐ろしいほど似ているな、と気づいたことを思い出した。この頃、もう祖父は死んでいたが。

「よう」

考える前に声が出る。

「え、じ、じいちゃん……？」

立ち上がって上ずった声を出す。勝手に誤解をしたらしい。どうしよう。このまま祖父のふりをするべきなんだろうか。

「お前にちょっと言いたいことがあったから、戻ってきた」

祖父とは言わずこう答えてみると、別に嘘は言っていないな、と思う。

「え、何……？」

怯えたように彼は身構える。そういえば祖父は、子供心にもとても怖い人だった。孫の面倒など見る人ではなかったから、自分には実害はなかったが、父や祖母に対していつも厳しい声で命令ばかりしている人、という印象しかない。

「俺は、お前のじいさんじゃない」

そう言うしかなかった。怯えさせてもしょうがないじゃないか。

「え、あ、そうですか……」

ちょっとほっとしたようだった。

「でも、じいさんみたいなもんだ」

未来から来た自分だ、とは言えなかった。自分のことだ。「じいさんだ」と言われるより信じないだろう。

「それは、見ればわかります……」

一瞬何を言われているのかわからなかったが、確かに「じいさん」だな、今の自分は。「みたい」じゃなくて、本当に「じいさん」だ。

なんだかおかしくて、つい笑ってしまう。彼もそれにつられるように笑いだした。笑うとますます似ていて（いや、当然なのだが）、それがまたおかしい。あっちもそう思っているのかもしれない。

しばらくして笑いが治まったが、やはり彼の顔には戸惑いの表情があった。

「ちょっと話したいことがあるんだ」

あわてて話を切り出す。

「なんでしょうか？」

「もうすぐ子供が生まれるだろう？」

理佳子は三日後に生まれてくる。

「……なんでそんなこと知ってるんですか？」

ちょっと強張った顔になったが、かまわず話し続ける。

「今、どんな気持ちだ？」

そう問われた彼は、しばらくむっつり黙ってしまった。これは「どう答えたらいいんだろう？」と考えている顔だ。浮かばないと、そのままあきらめてしまう。

「怖いんだろう？」

悦司の言葉に、彼ははっと顔を上げる。

「父親になるなんて実感がないんだろう？」

図星を突かれて、うまく言葉が出てこない。気持ちが手に取るようにわかる。自分だからな。

「俺もそうだったよ。『生まれればなんとかなる』って。そして、長いこと『なんとかなった』と思ってた」

次の言葉を言うには、勇気がいった。

「娘が自殺するまで」

彼が息を呑んだ音が聞こえる。

「お前は、自分が『不器用だ』と思ってるだろう？」

不器用で無愛想で、口下手な男。それは、昔は「朴訥（ぼくとつ）で真面目な不言実行の男」といわれ、決して悪い印象を持たれなかった。だがそれは、世間的には、ということだ。どんな人に対しても同じ態度だったら、それはやっぱり傲慢（ごうまん）なのだ。頭ではそれはわかっている。でも、認めたくないから黙っている。どう言ったら許してもらえるのかもわからない。

「お前はこれからも不器用なままかもしれない」

何もかもいきなり変わるなんて、無理なんだ。

「でも、これから生まれてくる娘に対してだけは、その不器用を捨てろ」

他はどうあれ、とりあえずそれだけでも。

「娘が生まれたら、なるべく一緒にいられるようにしろ。世話も、女房の手伝いじゃなく、一人でなんでもできるくらいになれ。よく観察して、なんでも憶えておけ」

そうだ。

「日記をつけるのもいいな」

「日記？　そんなもの書いたことないよ……」

やっと口をはさんできた。勢いが止まらないのだ。

「手帳に二、三行でいいんだ。忘れてもいい。あとから書いてもいい。思いついたら、なんでも娘のことを書いておけよ」

不器用なりに、あとで「ああすればよかった」「こうすれば後悔しなかった」などと考えていた。遅すぎて何も実行できなかったことが、次々と浮かぶ。

「女房が娘のことを話してくれるのを待つんじゃなく、自分から訊くんだ。話さなければ問題ない、なんて思うな」

また強張った顔をしている。そう。確かにそんなことも若い頃から思っていた。問題が起こってから「聞いてない！」などと怒ったり。

「娘の好きなことや好物がなんなのか、ちゃんと憶えているようにしろ」

今となっては、何も憶えていない。娘が小さい頃、絵をよく描いていたことは憶えているが、どんな絵だったか、手元にも残っていなかった。引っ越しのたびになくなっていったように思うが、なくならないようにきちんと保管しなかったのは自分なのだ。

好物もわからない。大人になってからは、一緒に食事をしたのも数えるほどだ。誕生日のプレゼントを選んだこともない。ほしいものを言わせて、買ってやれるものなら買ってやった、というだけだ。娘がサンタクロースを信じていたかどうかも憶えていない。

「娘がいっしょうけんめいやっていることを、頭ごなしに否定したり、からかったりするな」

自分が娘にどうなってほしいのか——そんなはっきりした希望を持っていたわけでもないのに、なんとなく気に食わなくて文句を言ったことを思い出すと、今も胸が苦しい。そんなつもりはなかったのに、なんて言い訳、小学生みたいだ。

「理解できなくても、いっしょうけんめいやっていることは評価してやれ。その時に何も言葉が出てこなかったら、あとから手紙でも書け。メモでもチラシの裏でもいい。

たったひとことでもいい。はげましてやれ」

成績がよい時に、もっとほめてやればよかった。成績表を見た記憶はあるのに。気になるところが一つもなくても、何かしら見つけてやればよかった。

本当に……何も言わなければ、何も思っていないことと同じなのだ。子供に察せるわけがない。大人だって無理なのに。

「娘が話しかけてくれないからって、自分も話さないなんて思うな。そんなの気にしてもなんの得にもならない。自分から話しかけるんだ。なんの話をしたらいいのかわからなかったのは、娘のことを知らなかったからだ。知れば、きっと話しかけられる

――」

「あ、あの……」

若い自分の声にはっとなる。

「大丈夫ですか……?」

そう言って、彼は手ぬぐいを差し出していた。

悦司は、いつの間にか泣いていた。

「ああ……ありがとう……」

受け取って、涙を拭いた。ああ、なつかしい。あまりきれいな手ぬぐいじゃないってわかっているから、余計に。あの頃、俺はいっしょうけんめい働いていた。家族に

家を買ってやりたかったから。

それを誰もほめてくれなかった。

涙がまたあふれた。

「お前は、すごくよくやってるよ」

泣きながら、悦司は若い自分に言う。

「毎日毎日、真面目にずっと働いて、女房と生まれる子供のために金を稼いで——俺はそれを知ってる。お前がすごくがんばってることを」

そう言うと、彼の顔が奇妙に歪んだ。

「お前は今でも充分偉い男だ。みんなそう思ってる。誰も言わないから、俺が言ってるんだ」

歪んだ顔は、次第に口をへの字にして泣くのをこらえるようになる。

「だから、これからいい父親にもなってくれ。娘に対しては……娘に対してだけでもいいから、不器用さとか照れくさささなんて捨ててくれ。やり方がわからなかったら、人に訊け。会社に優しい人だっているじゃないか。何も知らないのが当たり前なんだから。それを恥と思うな」

チャイムが鳴り響く。昼休みの終わりだ。

「——行かなくちゃ」

悦司は、手ぬぐいを差し出す。彼はそれを持って、背を向け、工場へと走り出した。がっくりと崩れ落ちる。自分の言葉は、彼に届いたんだろうか。生まれてくる娘と思い出を作ろうと思ってくれるだろうか。

追いかけ、肩をつかんで問いただしたい気持ちをぐっと抑えて、立ち上がった。

「よろしいですか？　もうお帰りになりますか？」

死神が言う。

「ああ……帰るよ。ありがとう」

まだ涙が止まらない。まだ言いたいことがあった。ああすればよかった。こうすればよかった。でも……。

これで変わらなくても、それはそれでいい、と思えた。何も変わらないだけ。それだけじゃないか。とりあえず、できることはやったんだから。

あとは死ぬだけなのだ。

「おい、死神」

「はい、なんでしょう？」

いつの間にか戻ってきていた病室で、悦司は天井をながめていた。死神はやはり脇の椅子に座っている。

同じ病院、同じ天井。着ているパジャマも枕カバーも敷いてあるタオルの柄も同じもの。枕元に置いてあるメガネも。

窓の外の景色も、天気も、そして、おそらく今日の日付も。

何もかも同じだった。

「何も変わっていないな」

「そうですね。戻ってきたのですよ。そして、あなたの望みはかなえられました」

「そういうことだったんだな」

その人の人生が変わらないことならば、最後の望みはなんでもかなえてもらえる。

自分の望みは、その程度のものだったのだ。

「理佳子ももういないんだな」

じわじわと現実が押し寄せる。娘が二十年前に死んだのも同じだ。ただし、自殺ではなかった。うつ病にもかかっていなかった。ただ難病には冒されてしまい、その病気を宣告されて半年後に亡くなったのだ。新薬も治療も娘の命を救うことはできなかった。自殺した時期と二ヶ月も変わらなかった。

「もし、俺が自殺を止めに戻ったとしたらどうなっていたんだ？」

「自殺で亡くなることはないですけど、結局その二ヶ月後に病気で亡くなります」

「まったく同じか……」

「理佳子さんの病気や死の時期は、決められたことだったのです。それをなしにすることはできません。二ヶ月のズレは誤差の範囲です」

俺のやったことは無駄だったのか……。娘も息子も、妻の人生にも何も変わりはなかった。息子の就いている職業や、結婚相手も子供の数も同じだ。娘が東京で絵の仕事をしていて、独身だったというのも。

妻ももう、三年前に死んでいる。家の住所も間取りも、年金の金額まで一緒だ。

「でも……なら、この気持ちはなんなんだ」

娘が恋しい。もっとたくさん話したかった。他愛ないケンカもしたかった。

また新しい絵を見せてほしかった。

「住職は、理佳子の絵を見ても、『寂しい絵だ』なんて言わなかったぞ」

同じ絵だったのに。近所の川を描いた絵。

「『いい絵だな』と言っていただけだ」

最近、ようやく飾れるようになったのだ。残された理佳子の絵を。この絵を描いた時、きっとこんなことを思っていたんだろうな、と考えていると、時間があっという間に過ぎる。

「こんなにも……気持ちは違うぞ」

思い出がいくらでも浮かんでくる。理佳子が生まれて、すぐにタバコをやめたこと。

世話がうまくできなくて、何度も失敗したこと。慣れてできるようになっても、思い通りに行かなくて大変だったこと。育児書を何冊も読んだり、会社のベテランママさんにいろいろたずねたこと。

息子が生まれてからは、二人でよく留守番をしたこと。二人でゲームやおもちゃをいろいろ作って遊んだこと。夜遅くに、内緒で近所をドライブしたこと。

自転車や鉄棒の練習をしたり、夏休みの宿題を手伝ったり、二人で同じ本を読んだり——。

「いくらでも浮かんでくるんだけど……」

そのたびに涙があふれて止まらない。

「あの時、あなたが言ったこと、若いあなたがちゃんと憶えていたんですね」

「それは……変わったってことじゃないか。俺にとっては、ものすごい変化だぞ」

さっきまで、こんな思い出が一つもなかった時とまったく違う。それなのに、「何も変わらない」ってことなのか？

「あなただってさっき、そうおっしゃってたじゃないですか」

「そうだけど……確かに変わってないけど……」

「心の中の変化は、わたしたちは変化として見ないんですよ」

「どうして？」

「だって、見た目には何も変わらないですからね」

「そうだな……」

娘も妻ももういなくて、自分は病気で――もうすぐ死ぬ。

「悲しい気持ちが上乗せされただけだったでしょうか？　おつらいですか？」

「つらいな……」

悦司は、タオルで涙を拭った。

「でも、悲しい気持ちだけじゃない」

それ以上に幸せな気持ちがあった。たくさんの娘との思い出がそれをもたらしてくれたのだ。

今、自分の財布の中には、娘の成人式の時に一緒に撮った写真が入っている。二人とも照れくさそうに笑っている。そんな写真、撮ったことなかった。

机の中には、理佳子のことをたくさん記した日記と、二人で取り交わしたメモの束が入っている。娘も同じように取っておいてくれたのだ。

そして我が家の居間には、理佳子が描いた絵が飾ってある。自分と史代と竜也を描いた絵だ。

そんな絵、前はどこにもなかった。

ああ、そういえば、娘が死ぬ時、ずっと意識がなかったのに、突然目を開けて、こう言ったな。

『ありがとう』

あれが、理佳子の最後の望みだったのかもしれない。

それらの思い出は、みんな悲しく切なくやるせない。前よりもずっと苦しいし、つらい。

でも、あってよかった、と心から思えるものだった。

「見た目もだいぶ変わってると思うけどな……」

もっと笑って過ごしていたから、顔も柔和になったのではないだろうか。少なくとも祖父よりは。

「でも、人生が変わるような変化ではなかったということです」

「そんなことないよ」

悦司は死神に目を向ける。

「俺の人生は確実に変わった。それも大きく」

「それは人生が変わったのではありません」

死神は言う。

「あなたの心が変わっただけです」

また涙がこぼれるのを感じる。

「ものすごく大きな変化でも？」

「それも我々にとっては、誤差の範囲です」

「そうか……それくらいは許してくれるんだな」

「許しているわけじゃありませんよ。それは我々の範疇ではないということだけです。わたしたちは、ただの死神ですからね」

遠くから、夕方のチャイムが聞こえる。あれを聞いたら家に帰れと、何度も理佳子に言ったことが思い出される。

「あんたに来てもらってよかったよ」

「誰でも同じだったと思いますよ」

「そんなことないよ、きっと」

死神はいやいやというように、手を振った。そして、

「そろそろ時間なのですが」

と告げた。

「わかった」

死神は悦司の手を取る。その時、ふと思う。

「竜也夫婦と孫たちへのお迎えは、ずっと先にしてほしい」

「それってもう一つのお望みですか？」

「いや、ただの確認だ」

「確認ですか。そうなるんじゃないですかねえ」

そう言うと、死神はニヤリと笑った。その顔はなんというか、初めて死神らしいと感じた。

悦司も同じように微笑んで、ゆっくり目を閉じた。

太陽と月が星になる

永嶋恵美

永嶋恵美（ながしま・えみ）

福岡県生れ。2000年『せん-さく』でデビュー。2016年「ババ抜き」で第69回日本推理作家協会賞短編部門を受賞。著書に『転落』『明日の話はしない』『泥棒猫リターンズ』などがある。また、映島巡名義で、ゲームノベル、漫画原作なども執筆している。

太陽と月が星になり、地球が存在しない世界。それ、なーんだ？

答えは天宮図（ホロスコープ）。西洋占星術で運勢を見るのに使うモノ。

理科の教科書には、太陽は恒星、地球は惑星、月は衛星、と書いてあるけれども、ホロスコープの上では、太陽も月も惑星として扱われている。そして、惑星としての地球は存在していない。

現実の宇宙空間とはかけ離れた絵図を使って導き出された結果を、現実の地球に住む私たちはありがたがっている。そう考えると、占いの結果に一喜一憂する姿は、ひどく滑稽だ。もちろん、私も含めて。

＊

「変な名前よねえ。ツキヒですって。せめて、ツキコならマシだったのにね。ちょっとセンスを疑うわぁ」

そうか、月妃というのは変な名前だったのかと、そのとき私は思った。父の再婚相手は、私の姿が視界にないから安心しきっていたのか、電話の声をひそめようともしなかった。幼稚園児には理解できない話だと高をくくっていたのかもしれない。

「学校で、からかわれそうな名前じゃない？　けど、文句言いたくても、名付けた張本人はお墓の中ってわけ。そう、そうなのよ。前妻がつけたの」

彼女は声が大きい。そして、良く言えば裏表のない性格、悪く言えば無神経だった。

「えーっ⁉　いやぁだ。私だったら、もう少しマシな名前をつけるわよぉ」

彼女の言った、もう少しマシな名前というのが「陽鞠」だ。半分だけ血のつながった妹が生まれたのは、その半年後だった。

センスの善し悪しはともかくとして、命名された側にとっては、「月妃」と同じくらい迷惑な名前だったらしい。何しろ、画数が多く、子供には書きにくい。妹は小学校の高学年になっても、「水原ひまり」とひらがなで書いていた。

こんなことなら、最初からひらがなで「ひまり」としていれば良かったのに。私の名前はセンスが悪いかもしれないけれども、画数が少ないという点では実用的だった。

要するに、彼女は自分の子供には、「陽」がつく名前をつけたかっただけなのだ。

継子の私が「月」だから。地球よりもずっと大きな太陽と、地球にくっついているだけのちっぽけな月。天空の月は太陽の光がなければ輝けない。そんな呪いをかけようとした。

つくづく単純で、わかりやすい人だ。だから、私は彼女に直接刃向かわなかったし、腹いせに妹をいじめようとも思わなかった。少しでもそんな素振りを見せれば、彼女は最も単純なやり方、いわゆる「継子いじめ」という手段に訴えてきただろうから。

その代わり、私はそれと悟られないように妹を支配しようとした。妹にとって、強い影響力を持つ存在になろうと思った。年が近ければむずかしかったかもしれないが、私たちには四歳という年齢差があった。子供にとって、四歳は「超えられない壁」である。

継母には決して見破られない方法で、私は彼女の呪いを跳ね返したかった。跳ね返して、彼女の娘に呪いをかけようと思った。いつか、太陽が月の周りを回りますように、と。

＊

ねえ、お姉ちゃん。私、お姉ちゃんが大好きだったんだよ。いっぱい遊んでくれたし、本も読んでくれた。友だちの家に遊びに行くときには、私も連れてってくれた。そういうのって「とっても感心で、いいお姉ちゃん」なんだってね。お隣のおばさんがほめてた。そのころの私にとっては、当たり前のことだったんだけど。だって、お姉ちゃんが私を置いて遊びに行くとか、考えられなかったもの。

お姉ちゃんが描いてくれるリンゴとかサクランボの絵、私、大好きだった。イチゴにパイナップル、メロン、みかん、柿。それに私が目とか口を描き入れて、「リンゴちゃんとメロンくん」とか、二人でお話を作ったよね。

幼稚園に通ってるときは、早く小学生になりたくてたまらなかったんだ。お姉ちゃんと別々の場所に行くのがイヤだったんだもの。小学生になったからって、同じ教室に通えるわけじゃなかったけど。

いつもお姉ちゃんといっしょで、何でもお姉ちゃんと同じがいいって思ってた。ハンカチは、絶対、お姉ちゃんとおそろい。靴下は、たまにおそろい。靴とか服はサイズが違いすぎて、おそろいにできなかった。

ううん。おそろいの服、ひとつだけ、あったよね。海水浴場で売ってた子供用のTシャツ。見たこともない女の子のキャラクターがプリントしてあって、お姉ちゃんのサイズも私のサイズも、両方ともあって。

遊園地や夜店で売ってるような安っぽいモノをお母さんは嫌ってたから、お父さんにおねだりした。お姉ちゃんとおそろいがいいって言い張ったら、お父さん、しょうがないなあって苦笑しながら買ってくれた。お母さんがトイレに行っている間に。

初めてお姉ちゃんとおそろいの服が着られるのがうれしくて、一日おきに着てた。今になって、ちょっと反省してる。お姉ちゃん、もしかして、けっこう迷惑だったんじゃない？　だって、私はまだ一年生だったけど、お姉ちゃんは五年生だもん。幼稚園の子が喜びそうな、あんな子供っぽいTシャツなんて、恥ずかしかったよね。ごめんね。

まあ、道ばたで売ってた安物だけあって、夏休みが終わるころには首のところが伸びちゃったから、着られたのは三週間ちょっと。お母さんは、「だから安物はダメって言ったでしょ」って、ゴミ袋に放り込んでたっけ。

私は悲しくて泣いちゃったけど、お姉ちゃんはどんな顔してたんだろ？

ホッとした顔だったのかな。ううん、そんな顔してなかったよね。私が泣くと、お姉ちゃんはいつもやさしい顔になったもの。なだめたり、励ましたりしてくれたもの。そんなふうに甘やかされるのがうれしかった。だから、私、呆れるくらい泣き虫だったな。

泣き虫で、グズで、甘ったれのダメな子。自分の名前もろくに書けない子。

でも、お姉ちゃんがやさしくしてくれたから。何もできなくても、お姉ちゃんが助けてくれたから。「漢字で書くより、ひらがなで『ひまり』って書いたほうが絶対、かわいいよ」って言ってくれたから。

＊

手品、怪談、占い。妹の気を引き、驚かせ、感心させるための三点セットが、それだった。

同級生相手では馬鹿にされかねない単純な手品も、たいして怖くもない怪談も、でたらめな占いも、四歳年下の妹はあっさりだまされた。ネタは学校の図書室に行けば、いくらでも仕入れることができた。

「鏡って、アクマの世界とつながってるんだよ。夜の十二時に鏡を見ると、隣にユウレイが映るんだって」

そんな馬鹿げた作り話を、妹は本気で怖がって、夜になると鏡のある部屋に入ることさえ嫌がった。さすがに、これはまずいと思った私は、「鏡の真ん中に中指で十字架を描けば、ユウレイを封印できる」と教えた。

ニッポンの幽霊に十字架が効くはずもないから、我ながら、いい加減なことを教えたものだと思う。でも、妹はこれまた本気で信じた。鏡に中指を走らせるのを止めたときには、もう中学生になっていたんじゃないだろうか。

怪談でさえこれなのだから、大多数の女子が好む占いとなると、もっとひどかった。妹の盲信も、私の嘘も。

「あれえ？　まあちゃんの星座、ちがってるよ？」

妹は自分のことを「まあちゃん」と言っていた。妹はいつまでも話し方が舌っ足らずで、サ行は「しゃ」行だったし、「ひまりちゃん」は「まあちゃん」だった。

「しし座、七月二十三日から八月二十二日までって書いてある」

やだぁ、と妹は半ベソをかいた。私が七月三日生まれで蟹座だったから、いつも「同じ星座だね。おそろいだね」と言っていたのだ。

「大丈夫だよ。獅子座は二十三日の午後からだから。まあちゃんは、朝早くに生まれたから、ちゃんと蟹座だよ」

「ほんと？」

嘘だ。妹の出生時刻は二十三日の正午ごろ。父といっしょに病院で待っていたから、覚えている。その日は月曜で仕事が忙しかったのだろう。父は妹が生まれたのを見届けて、会社に行き、私もまた祖母の家へと戻った。継母が退院するまで、私は父方の祖母の家に預けられていたのだ。

そんなわけで、妹が生まれた時間帯なら、まず間違いなく獅子座である。でも、私は妹を獅子座生まれにしたくなかった。

獅子座の守護星は太陽。十二星座で一番華やかな、女王様の星座が獅子座。それに対して、私の蟹座は守護星が月で、内向的で、家庭的だけど垢抜けない。はっきり言って、オバサンみたいな星座だ。

西洋占星術では、太陽も月も同じ惑星として扱われているけれども、やっぱり差がある。太陽のほうがずっとずっと優遇されている。冗談じゃない。だから、妹も引きずりおろしてやろう、同じ星座にしてやろうと思った。七月二十三日生まれは蟹座だと嘘を教えた。

何でも私と「おそろい」にしたがる妹は、自分も蟹座と聞いて、大喜びだった。妹はたちまち「幸運の場所はカニだから水の近く、幸運の色は白、数は2、曜日なら月曜」という蟹座の運勢を覚えてしまった。

たまに、テレビや雑誌の占いで「獅子座は七月二十三日から」という情報に触れてしまうことがあったが、そのたびに私は「生まれた時刻が朝なら、まだ蟹座」と嘘の訂正をした。いつも妹はあっさり納得した。

全く疑おうとしない妹を見て、人は自分の信じたいことしか信じないということを私は学んだ。

私にとってお姉ちゃんは、何でもできる、かっこいい人だった。小さいころから、お姉ちゃんみたいになりたいって、思ってた。

でも、本当はお姉ちゃんだって、何でもできるわけじゃなかったんだよね。どっちかっていうと不器用で、数字にも弱くて、運動も苦手だったってこと、私、最近まで気づかなかったんだ。

絵を描くのも、ほんとは苦手だったけど、私が「お絵かきして」っておねだりしたから、がんばってリンゴやイチゴの絵を描いてくれたんだよね。「まあちゃんが描いていいよ」って、私に目や口を描き入れさせてくれたのは、上手に描く自信がなかったんだね。

同じ手品を何度もやらされて、飽き飽きしてたんじゃない？　でも、私がきゃあきゃあ笑って、「もう一回やって」って言うから、何度も繰り返してくれた。私、手品が好きだったんじゃないんだよ。お姉ちゃんに甘えるのが好きだっただけ。

私が放り出した家庭科の宿題、当たり前みたいな顔をして代わりにやってくれたけど、きっと大変だったよね。二度めだから、少しは慣れてたのかな？　でも、自分の

＊

ときは、めっちゃめちゃ苦労してたんだろうね。こないだ、押入の中で、お姉ちゃんの成績表を見つけたんだよ。小学校のときの。家庭科の成績は「2」と「3」ばっかだった。

算数は「3」がほとんど。体育なんて「1」と「2」なんだもん。私、びっくりしちゃった。国語や社会は「5」だったけど。

でも、お姉ちゃんに教えてもらう算数は、すごくわかりやすかった。あれって、自分が苦手だったから、どこでつまずくか、わかってたんだね。

お姉ちゃんみたいになりたかったな。なれたら、よかったのにな……。

同じ蟹座の生まれなのにね。私、お姉ちゃんみたいにガンバリ屋じゃなかったし、可愛くもなかった。半分は血がつながってるのに、全然似てなくて、それが寂しかった。だから、生まれ星座だけでも同じだったのがうれしくてたまらなかった。

蟹座は七月二十二日まで、二十三日からは獅子座って書いてある雑誌が多いけど、私の生まれた年だけは二十三日の夜八時ごろまで蟹座だった。お姉ちゃんは「二十三日の午前中まで蟹座」って言ってたけど、前の年と勘違いしてたんじゃないかな?

生まれた時刻を「朝早く」って言ったのは、勘違いじゃなくて、私が安心できるように気づかってくれたんだよね。母子手帳を調べてみたら、生まれた時刻の欄には「11時56分」って書いてあったもの。でもね、私、ほんとにほんとに蟹座なんだよ。

蟹座の運勢をもっと知りたくて、学校の図書館にあった占いの本で調べたんだ。そう、お姉ちゃんが六年生のときに借りた本。内容がちょっと専門的で、小学生にはむずかしかったのか、借りた人が少なくて、貸し出しカードにはまだ、お姉ちゃんの名前が残ってた。

お姉ちゃんと同じ本を借りられるのがうれしくて、すみからすみまで、なめるみたいにして読んだ。期限ぎりぎりまで本を返さなかった。

そしたら、私の生まれた年だけは、二十三日まで蟹座で、獅子座は二十四日からっていう扱いになってた。正確には二十三日の午後八時以降は獅子座だけど、二十四時間のうち二十時間が蟹座だもん。七月二十三日は蟹座って書くよね。

まるで、私とお姉ちゃんをおそろいの星座にするために、空の星が協力してくれたみたいでしょ？　私、大感激して、すぐにでもお姉ちゃんに言いたかったけど、その日、お姉ちゃんは修学旅行でいなかった。

お姉ちゃんが帰ってきたら、まっさきに話そうって思ってたけど。お姉ちゃんは修学旅行のおみやげをどっさり買ってきてくれてて、私はそれに夢中になって、話すのを忘れちゃって、それっきり。

まあ、わざわざ話すことでもなかったよね。逆に、蟹座だと思ってたら獅子座だった、なんてことだったら、大ショックだけど。

私、獅子座って好きじゃないんだ。華やかで、注目されるのが好きで、いつもみんなの中心にいる……なんて。要するに、でしゃばりで、目立ちたがりってことじゃない？　だいたい獅子ってライオンのことでしょ？　ぜんっぜん、可愛くない。

そんなのより、世話好きで、やさしくて、家庭的な蟹座のほうが、ずっといい。それって、お姉ちゃんみたいな人ってことだもの。

それに、蟹座の守護星は月。お姉ちゃんの名前の一文字。だから、私は蟹座が好き。お姉ちゃんの星座だから、大好き。

＊

妹を可愛がるふりをして、甘やかした。周囲の目には仲の良い姉妹に見せかけながら、妹の成長を妨害した。私は心底ひどい人間だ。

ただ、自分自身が「いいお姉ちゃん」の役割をキープしつつ、妹の世話を焼くのはけっこう大変だった。つぎ込んだ労力に見合うものが得られていなかったら、私は途中で止めたかもしれない。でも、手応えがあった。妹は着実に「ダメな子」になっていった。

妹は宿題を自力でやり遂げたことがなかった。いつも私が手伝ったから。妹は、負けたときの悔しさを味わったことがなかった。いつも私が妹に勝たせてやったから。外で誰かに負けて帰ってきたときには、その分、私が慰めて励まして、うんと甘やかしてやったから、妹はそれで満足してしまって、「悔しさをバネに努力する」という行動を学習できなかった。

継母が鋭い人だったら、どこかの時点で危機感を抱いていたかもしれない。でも、彼女は鈍感で観察力に欠けていた。私が妹に何をしているのか、少しも気づいていなかった。むしろ、継子との面倒がなくていい、くらいに思っていたようだった。

わがままで、内弁慶だった妹は、年齢が二桁台になるころから、ぶくぶく太り始めた。私が妹のためにお菓子を作るようになったからだ。やがて、土曜と日曜は、妹といっしょにお菓子を作るのが習慣になった。

土曜日に作るのは、その日のうちに食べるもの。生クリームを使ったケーキやババロア、プリン。日曜日には、日持ちのするクッキーやバターケーキを焼いた。当日分と、月曜から金曜までのおやつだ。

バターとお砂糖をたっぷり使ったお菓子を食べて、妹はどんどん太っていった。それでなくても、運動も節制も大嫌いな子供だったのだ。

幸い、私は亡くなった母の体質を継いでいたらしく、全く太らなかった。「これも、まあちゃんが食べていいよ」って言って、自分の食べる量をセーブした。鉄の意志で、焼きたての甘い香りに抗った。妹を太らせても、私は太りたくなかった。

継母のかけた呪いを解こうと、子供なりに必死だったのだ。いつか、月の周りを太陽が巡るように。いつか、月の光なしには太陽が輝けなくなるように。

＊

私、お姉ちゃん以外の人はみんな嫌いだった。クラスの子たちも先生も、お隣のおばさんも、みんな死んじゃえって思ってた。みんな、いなくなればいいって。

だって、私、知ってる。お隣のおばさん、「お姉ちゃんの出来が良くても、妹があれじゃあねえ」って言ってたこと。

たぶん、あれ一回だけってことはないと思う。何回も何回も何回も言ってたから、そのうちの一回を立ち聞きできたんだよね。

クラスの子たちなんて、もっとひどかった。みんなで私をバカにしてた。クラスに友だちなんて、一人もいなかった。学校のどこにも、いなかった。先生も、私を邪魔だと思ってた。はっきりそう言ったわけじゃないけど、そんなの顔を見ればわかる。

私はグズでのろまかもしれないけど、そこまでバカじゃない。

毎朝、その日のラッキーカラーとラッキーナンバーを確認して学校に行った。少しでも、いいことがあるように。少しでも、イヤなことから逃げられるように。

でも、占いはちっとも当たらなかった。ハンカチも靴下も、ラッキーカラーの白。でも、帰るころには、泥だらけ。プールに突き落とされたり、頭から雑巾バケツの水をかけられたり。蟹座にとって、水のある場所はラッキーなはずなのに。

もしかしたら、私、ほんとは蟹座生まれじゃないのかな？　あの本が間違っていたのかな？　それとも、私が生まれてきたことが間違いなのかな……。

違う。私は間違ってなんかいない。だって、お姉ちゃんはそんなこと言わないもの。お姉ちゃんは、いつも正しい。だから、間違ってるのは私じゃなくて、みんなのほう。学校にいる間じゅう、みんな死ねって思ってた。給食のおかずに毒を入れて、間違ってるヤツらを全員殺してやれたら、どんなに気分がいいだろうって思った。

でも、毒なんて持ってなかったし、要領の悪い私じゃ、気づかれずに毒を入れるなんて、絶対ムリ。だから、想像するだけ。想像の中で、私はクラスのヤツらを何度も何度も殺した。先生も殺した。私の頭の中では、とうとう教室の中に誰もいなくなって、お姉ちゃんが先生の代わりに授業をした。

教室の中だけじゃなくて、世界中から人間が消えて、私とお姉ちゃんだけになったところを想像してみたこともある。そしたら、電気もガスも止まっちゃって、ケーキもクッキーも焼けなくなって、それどころか、食べるものなんてひとつもなくなって、二人とも飢え死に……なんてイヤな結末になってしまった。

お姉ちゃんと二人だけで生きていくって、むずかしいね。世界中の人間どころか、お父さんがいなくなっただけでも、生きていくのがむずかしくなる。だって、お給料がもらえなくなっちゃうもの。

お母さんのほうは、いなくても大丈夫かな。ご飯を作ったり、洗濯したりするのはお姉ちゃんがやってくれる。

お金の心配がなければ、お父さんもいなくていいんだけど。でも、お父さんがいなくなったら、お姉ちゃんが悲しむよね。お母さんはお姉ちゃんのお母さんじゃないけど、お父さんはお姉ちゃんのお父さんだもの。

私は平気。私のお父さんで、私のお母さんだけど、ほんとは二人ともそんなに好きじゃなかった。お母さんは機嫌がいいときと悪いときで別人になるし、お父さんは調子のいいことばっかり言ってるだけ。

お母さんはお菓子を作ってくれたことなんてなかったけど、お姉ちゃんは作ってくれる。チョコとナッツのクッキーに、レーズンがたっぷり入ったバターケーキ、リンゴとサツマイモのパイ、生クリームをどっさりのせたイチゴのババロア、宝石みたいな色のキャンディ。全部、私のためだけにお姉ちゃんが作ってくれた……。

だからね、お姉ちゃん以外の人なんて、私、いらない。

継母が死んだ。呪いは唐突に解けた。もしかしたら、最初から呪いなんてなかったのかもしれない。ただ私がそう思い込んでいただけで。

＊

そのとき、私は高校生になっていた。小学校のころの成績は真ん中くらいでパッとしなかったけれども、中学以降は驚くほど伸びて、私は県内でも有数の進学校に合格した。妹の前だけでも「優等生のお姉ちゃん」を演じ続け、勉強を教えてやったり、宿題を代わりに片付けてやったりしていたのが、積もり積もって、学力の向上につながったのだろう。

それに対して、妹は小学校の高学年から学校を休みがちになり、中学校に至ってはたった三日しか登校しなかった。

当時は、フリースクールの出席日数が正式な登校日数として認められていなかったから、継母は目を吊り上げて妹を叱り、何が何でも登校させようとした。「登校拒否」に代わって、「不登校」という言葉がやっと浸透し始めた時代だった。相談できる場所もほとんどなかった。それで、継母が次にやったのは、妹を「治して」くれる医療機関を探すことだった。

その日、継母は妹を大学病院へ連れて行こうとしていたらしい。妹の話では、いつになく彼女の態度は高圧的で強硬だったという。いやがる妹を玄関の外まで引きずり出し、容赦なく車に押し込んだ。鬼みたいで怖かった、と後になって妹は身を震わせながら話した。

平日の昼間だったから、私は学校に行っていて、その場にはいなかったのだ。おそらく、継母と妹のやり取りは、相当に激しいものだったのだろう。妹はおびえて泣き叫び、継母はますます頭に血が上ったに違いない。運転に慣れていたはずの彼女が、ブレーキとアクセルを踏み違えてしまったのだから。

買い換えたばかりのＡＴ車は、自宅前の電柱に激突し、大破した。継母は即死、妹も重傷を負った。

実は、私の母も事故死だった。自転車で交差点を渡っていたとき、右折してきたトラックに撥ねられた。いわゆる右直の事故で、継母と同じく即死だったという。

妻が二人とも事故死するという符合に、父はひどくショックを受け、自分を責めた。私から見れば、いや、客観的に見ても、父には何の責任もないのだが、父は自分のせいで二人とも死んだと思い込んでしまったらしい。それでなくても、父はもともと気の弱い人だった。

父の顔からは笑みどころか表情そのものが消えてしまい、口数も極端に少なくなった。妹も、しゃべったり笑ったりするのは自室の中だけだったから、日々の食卓は会話もなく、ただただ暗かった。継母のお通夜のほうが、ずっとにぎやかだった。

それでも、そのころはまだ、父が会社勤めを続けていたから、私は学費の心配をすることもなく、地元の大学へと進学した。就職のことを考えれば、東京の大学のほうがいいのにと周囲には言われた。もったいない、とも言われた。

でも、私は家を離れる気になれなかった。目に見えて酒量の増えていく父と、家から出ようとしない妹。東京への進学は、この二人を見捨てることだ。

父がこんなふうになったのは、私にも責任がある。継母が事故を起こしたのは、車を出す直前まで妹と激しく口論していたせいだ。そして、妹がごく当たり前に学校に行っていれば、継母は妹を大学病院に連れて行くこともなかった。

私が妹を「ダメな子」にしなければ、継母は死ななかったし、父も幸せでいられた。私はその責任をとらなければならない。

太陽はちっぽけな月の周りを巡り、自身の光を失った。

私が妹にかけた呪いは完璧だった。あまりにも、完璧すぎた。

＊

お姉ちゃんが東京に行かなくてよかった。大学も就職先も家から通えるところを選んでくれて、ほんとによかった。

お姉ちゃんの成績だったら、もっと偏差値の高い大学に入れたし、東京の大きな会社にも就職できたはずだった。就職氷河期なんて言われてたけど、お姉ちゃんだったら、絶対、入れてた。

でも、私、わかってたんだ。お姉ちゃんは、ずっと私のそばにいてくれるって。それに、私とお父さんをこの家に残して、自分だけ出ていくはずないもんね。私がお父さんを嫌ってること、お姉ちゃんは知ってたもの。お父さんも、私を嫌ってた。酔っぱらうと、怒鳴るし、殴ったり蹴ったりするし。だから、お父さんが酔いつぶれて寝てしまうまで、私は部屋から出られなかった。

まあ、お父さんはだんだん、起きてる時間のほうが短くなっていったし、私もトイレ以外は部屋から出ないから、たいして困るわけでもなかったけど。

でも、いつだったか、お父さんが私の部屋のドアをがんがん叩いて、「出てこい！」って怒鳴ったのは、怖かった。頭から布団をかぶって、しっかり耳をふさいでも、それでも怒鳴り声が聞こえて、怖かった。

お父さん、早く死んじゃえばいいのにって、思ってた。あんなにお酒を飲んでるんだから、病気になっちゃえばいいのにって、毎日思った。

昔と違って、お姉ちゃんがお仕事してるから、お父さんがいなくなっても何も困らない。お姉ちゃんと私、二人だけで生きていける。

お父さん、早く死なないかなあ……。

＊

何度か入院させてみたけれども、父のアルコール依存症は少しも良くならなかった。私の稼ぎの多くを医療費につぎ込んだにも拘(かか)わらず。

自分を責め続けることに耐えられなくなったのか、父は妹に責任転嫁するようになっていた。酒が入ると別人のようになって、妹を罵倒し、暴力を振るった。酔いが醒めれば、反省するし、妹にも謝ってはいたが。

それほど、父は継母を愛していたのだろう。私の目に彼女は、がさつでルーズな人としか映らなかったけれども、父にとっては「素直で大らかな妻」だったらしい。葬儀の席でも、人目をはばからずに号泣していたほどだ。

父だけではない。私もまた継母の葬儀で号泣した。ずっと嫌ってきたはずの人だった。なのに、棺(ひつぎ)を運び出す段になると、呆れるくらい涙が流れた。悲しくてたまらなかった。

私は継母を嫌っていたんじゃない。愛されたかったんだと、そのとき、ようやく気づいた。彼女が私を愛してくれそうになかったから、私は彼女の娘を憎んだ。彼女の娘にひどいことをしてやろうと思った。

いや、もしかしたら、彼女は彼女なりに継子の私を可愛がっているつもりだったのかもしれない。遠い昔、妹が生まれる前、電話口で私の名前を変だと言っていたのは、きっと何の悪意もなかった。彼女はただ無神経だっただけだ。

妹に「陽鞠」と名付けたのだって、もしかしたら、姉妹らしく見えるように、という好意のつもりだったのではないか。なのに、私はそれを呪いと決めつけた。

継母は、妹を恒星に、私を衛星にしたかったわけじゃない。たぶん、彼女の中では、西洋占星術のように、太陽も月も同じ惑星だった。継子よりも実の娘のほうが可愛いのは当然だけれども、それでも、同じ家族として扱おうとしてくれていた。彼女なりのやり方で。

取り返しがつかないのはわかっていた。だから、せめて妹を幸せにしてやりたいと思った。多少なりとも父に親孝行をしたいと思った。

果たして、それが可能かどうかはわからないけれども。妹に呪いをかけて、妹を不幸にするためだけに生きてきた私に、そんなことができるかどうか……。

＊

でも、努力しようと思う。努力なら、私にもできる。努力だけは続けてきたから。

＊

でも、もう、がんばれないかもしれない。

＊

でも、これ以上は、無理……。

＊

殺人罪の時効がなくなるなんて、びっくりしたよ。法律って変わるんだね。でも、大丈夫。とっくに時効は成立してる。冥王星が惑星から準惑星に格下げになった年に。

おもしろいよね。現実の世界で格下げになっても、ホロスコープでは冥王星は惑星のまま。もう十年以上、惑星のまま。

法律がどうなっても、キモチ的には完全に時効だから、言っちゃうね。お母さんを殺したの、私なんだ。助手席から足を伸ばして、お母さんの足ごとアクセルペダルを踏み込んだ。いっしょに死んじゃってもいいって思ったから。

だって、ほんとに怖かったんだもの。鬼みたいなお母さん。お姉ちゃんは学校に行ってていなかったから、誰も守ってくれない。こんなの、死んだほうがマシだって思った。ウソじゃないよ。

でも、私は死ななかった。三カ月も入院したけど。やっと退院して、家に戻ったときには、お母さんのお葬式も納骨も終わってた。誰も、私を疑わなかった。

お姉ちゃんには見破られそうな気がしたんだけど、全然だった。ちょっとだけ安心して、ものすごく……がっかりした。だって、お姉ちゃんなら私が人殺しになっても、許してくれたはずだから。私、お姉ちゃんに「いいんだよ。大丈夫」って言ってほしかったんだ。

うん、そうだよ。お父さんは間違ってなかった。お母さんが死んだのは、私のせい。お父さんだけは真相に気づいてた。でも、自分からそれを言い出すわけにはいかなかった。私が人殺しになれば、お姉ちゃんは犯罪者の家族になってしまうから。

ラッキーなことに、警察には気づかれていなかった。それで、お父さんは黙っておくことにしたんだろうと思う。

お父さん、きっと苦しかったんだよね。ぐでんぐでんになるくらい、お酒を飲むようになったのも、お母さんが死んで悲しかっただけじゃなくて、黙っているのが苦しかったから。

酔っぱらってしまうと、我慢しきれなくなって、私を責めた。人殺しと罵った。全部、本当のこと。

だから、私はお父さんが嫌いだった。早く死んでほしいって思ってた。今も、思ってる。そう思いながら、ぐうぐういびきをかいてるお父さんを見下ろしてる。

トイレをふさがれるのは困ると思って、倒れてたお父さんをムリヤリ引きずり出したけど、それでも邪魔。めざわり。消えてなくなってくれたらいいのに。

パジャマのズボンを半分おろしたままの、みっともない格好。ひげなんて、伸び放題。髪の毛がべったりしてるのは、私もそうだから、お父さんだけを悪く言えない。私も、お父さんも、もうずっとお風呂に入ってないから。

今すぐ救急車を呼べば、命だけは助かるのかもしれない。でも、私はお父さんを見殺しにするつもり。だって、脳梗塞って後遺症が残るんだよね？　ずっと寝たきりになっちゃうんだよね？　お父さんの介護なんて、私には絶対にムリ。

最近ではお酒を飲んでも暴れなくなったし、もう目の前にいるのが私だってわからなくなってたみたいだから、ほったらかしておけばよかったけど。それ以上の世話なんて、私にはできっこない。

お姉ちゃんと順番が逆だったらよかったのにね。

お父さんが先に死んでれば、きっとお姉ちゃんは鬱病なんかにならなかった。会社を辞めたりしなかったし、何もできなくなって、家がゴミ屋敷なんて呼ばれることもなかった。病院にも行けなくなって、薬もなくなって、首を吊ることもなかった。押入の中で、腐っていくこともなかった。

お父さんが先に死んでれば、きっとお姉ちゃんは今も私と二人で暮らしてた。土曜日には生クリームたっぷりのケーキやプリンを作って、日曜日にはクッキーとバターケーキ。家の中を甘い香りでいっぱいにして。

ねえ、お姉ちゃん。私、お姉ちゃんが大好きだったんだよ。いっぱい遊んでくれたし、本も読んでくれた。宿題も手伝ってくれた。いじめられて帰ってきたら、なぐさめてくれた。たくさん、たくさん、やさしくしてくれた。ずっとお姉ちゃんみたいになりたかった。

ねえ、見て。私、お姉ちゃんの制服、着られるようになったんだ。頭のいい高校の、かっこいい制服。紺色のブレザー、袖も身頃もぴったり。スカートのウェストだって、全然きつくない。逆にゆるいくらい。

いつかの想像みたいに、世界中から人間が消えたわけじゃないけど、電気もガスも止まっちゃって、ケーキもクッキーも焼けなくなって、もう食べるものなんて、ひとつもなくなった。お姉ちゃんも、いなくなった。

現実の世界って、現実の宇宙空間って、なんてつまらないんだろう。

第三惑星・地球が存在していない世界。太陽も月も冥王星も全部、星。みんな、惑う星。お姉ちゃんと私がおそろいの、世界。こっちのほうが絶対、いい。お姉ちゃんもそう思うよね？

お姉ちゃん、三十八年もの間、いっしょにいてくれて、死ぬまでそばにいてくれて、ありがとう。大好きだよ。

内助

今野　敏

今野敏（こんの・びん）
北海道生れ。１９７８年「怪物が街にやってくる」で第４回問題小説新人賞を受賞し、デビュー。２００６年『隠蔽捜査』で第27回吉川英治文学新人賞を、２００８年『果断　隠蔽捜査２』にて第21回山本周五郎賞と第61回日本推理作家協会賞長編及び連作短編集部門を、２０１７年「隠蔽捜査」シリーズで第２回吉川英治文庫賞を受賞。著書に『マル暴総監』『仁俠シネマ』『清明　隠蔽捜査８』『宗棍』などがある。

1

竜崎冴子は、ふと手を止めて、リビングルームにあるテレビを見つめた。

妙な既視感を覚えた。

午前十一時半からのニュースだった。大田区内で焼死体が発見されたという。夫の竜崎伸也が署長をつとめる大森署の管内だった。それでニュースに注目したのだ。

遺体は火事の現場から発見されており、身元はまだわかっていないということだった。だが、どうやら女性らしい。

火事は今日の未明のことらしく、詳しいことがわかるのはこれからだろうと、冴子は思った。

もしかしたら、殺人事件かもしれない。そうなれば、捜査本部ができる可能性がある。夫は泊まり込みになるかもしれないということだ。いつ連絡があるかわからない。宿泊の用意をしておかなければならない。主婦の幸福な時間は瞬時にして奪われた。

亭主が出かけて、昼の買い物に出るまでの時間は、自分の天下だと冴子は感じていた。主婦はやることが山ほどある。

……というか、やればやるほど、やるべきことが次々と出てくる。主婦の仕事に終わりはない。

とはいえ、一日の間にエアポケットのような時間がある。今の時間帯がそうだった。いつもなら、テレビのワイドショーやニュースを眺め、昼に何を食べるか考える。ソファに座ってぼんやりできるのは、この時間帯しかない。それがこうして失われることもある。

夫は、突発的な事件に対処する仕事をしている。だから、妻の冴子もそれなりの覚悟はできていた。

今となっては慣れたものだ。いつもの小振りのボストンバッグに、三枚の下着や靴下とワイシャツを一枚入れる。そして、洗面道具に手ぬぐい。

竜崎は電気シェーバーを好まないので、使い捨てのカミソリとひげそりジェルを入れる。

こうして宿泊の準備をしてみると、背広は男の制服だというのがよくわかる。着替えが実に楽だ。替えのワイシャツだけで事足りる。

もちろん、出勤するときは毎日同じネクタイをしないように気をつけたりもする。だが、捜査で泊まり込むときに、ネクタイのことを気にする者はあまりいないだろう。

荷造りを終えると、ふと冴子は、先ほど感じた既視感は何だったのだろうと思った。

まさにデジャヴだった。同じふうにリビングルームに座っていて、同じようにテレビを見ていて、そして、同じようなニュースを見たことがあるような気がした。

過去に同様な事件があったかどうか、にわかには思い出せなかった。……というより、焼け跡から焼死体が見つかることなど、それほど珍しくはないだろう。

火事があれば、焼死者が出る。それは悲しいことであり、あってほしくないことではあるが、言ってみれば仕方のないことなのだ。

冴子はそう思っている。だから、自分があのニュースに反応したのがなぜなのかわからないのだ。既視感の理由は何だったのだろう。

まあ、どうということはないに違いない。

自分が事件のことを考えても仕方がない。捜査は夫の仕事だ。冴子はそう考えて、リビングルームに戻った。テレビがまだつけっぱなしだった。

ニュースはすでに終わり、昼のワイドショーが放映されている。

家族には、見ないときはテレビを消せ、いない部屋のエアコンは切れ、トイレの電気は消せ、などとうるさく言う。だが、自分ではうっかりしたり、まあいいや、と思うことが多い。

誰だって、そんなものだろう。

冴子は、携帯電話を探した。つい、台所やダイニングテーブルに置きっぱなしにしてしまう。

竜崎からの電話に気づかないといけないので、持ち歩かなければならないと思った。

携帯電話は、台所にあった。手にしたとたんに、着信音が鳴った。契約したときに設定されていたままの着信音だ。

案の定、相手は竜崎だった。

「事件だ。今日は帰れなくなるかもしれない」

「テレビで見たわ。焼死体ですって？」

「ああ」

「帰れなくなるって、殺人事件ってこと？」

「捜査情報は家族にも話せない。そんなことは知っているだろう」

「着替えの用意はできているわ」

「必要なら一度取りに帰るか、誰かに取りに行かせる。じゃあ……」

電話が切れた。

そっけないが、電話をしてくるだけ進歩したとも言える。教育の賜物だ。

結婚した当初は、まったく連絡もなく、いったい何時に帰宅するのか見当もつかなかった。

自宅で夕食を取る日もまちまちだが、用意をしないわけにはいかない。それだけで苛立ちが募った。

娘の美紀が生まれたときに、冴子はついに爆発した。

「人がどういう思いで生活をしているのか、少しは想像したらどう。私はあなたの母親じゃないのよ」

そう詰め寄った。

竜崎はきょとんとした顔で言った。

「わかった。想像してみよう」

それからたしかに連絡が来るようになった。業務連絡のような愛想のなさだったが、それでも格段の進歩だった。

息子の邦彦が生まれたときには、まだ小さい美紀のことも気づかい、連絡の頻度は増えた。

だが、相変わらず家庭のことは冴子に任せきりだった。

「公務員は国のために働いている。家庭のことは任せる」

それが竜崎の言い分だ。勝手な言い草だと思ったこともあるが、冴子は大筋で認めている。

冴子に竜崎が背負っているような重責を果たすのは無理だ。家のことを任せるというのなら、引き受ける。その代わり、私のやり方でやらせてもらう。口出しは無用だ。冴子はそう決めたのだ。

それ以来、竜崎家はまあまあうまくいっている。

冴子は台所に行き、昼食の用意を始めた。一人で食べるので、徹底的な手抜き料理だ。時には昼を抜くこともあるが、今日は食べることにした。

食事の用意をしながら、再び火事のことを思い出した。

自分は火事や焼死体そのものではなく、アナウンサーが言った何かの一言に反応したのかもしれない。

冴子はそう思った。

いったい、どんな言葉に反応したのだろう。食事をしながらも考えた。リビングのテレビをつけた。

竜崎家では、食事時にテレビを見るのは普通のことだ。会話がなくなるから食事のときにテレビをつけないという家庭もある。冴子の育った家庭もそうだった。

だが、竜崎はそんなことには頓着しない。

「テレビをつけていようがいまいが、会話が必要ならする」

彼はそう言う。会話は環境に左右されるようなものではなく、必要ならすればいいだけのことだと言うのだ。

昼のニュースをやっている。

大田区の火事と焼死体のニュースが再び流れた。

さすがに先ほどのような既視感はなかった。だが、やはり何かひっかかるものがある。

自分が事件のことを考えても仕方がない。捜査は夫に任せておけばいいのだ。

そう思って、ニュースのことを頭から追い出そうとした。

食器を洗い、リビングのソファで一休みする。サラリーマンや公務員だって昼休みがあるのだから、主婦も食休みくらいは許されるはずだ。

洗濯はたいてい午前中に済ませるので、午後は掃除の続きと買い物などの外出だ。

忙しい主婦の生活が再開される。

一息ついたのは、買い物から戻った午後五時過ぎのことだ。

美紀や邦彦がまだ中高生の頃は、夕方には帰ってくるので、それなりに手がかかった。美紀は就職して毎日帰りが遅い。

就職先は広告代理店で、ブラック企業なのではないかと思うが、本人はけっこう楽しそうに働いているので、別に何も言うことはない。

ただ結婚は遅くなりそうだと予想していた。

邦彦も大学生になり、サークルだ、飲み会だと帰りが遅い日が多い。

結局一人で夕刻を過ごすことが多くなった。夕食を一人で食べることも珍しくはない。

淋しいと思ったことはなかった。むしろ、冴子は一人の時間を楽しんでいた。結婚して以来、そんな余裕はなかった。子供が手を離れ、竜崎が管理職になってから、ようやく自分だけの時間を持つことができるようになったのだ。

好きなテレビ番組やＤＶＤを見たり、読書を楽しんだりできる。それは、至福の時間だった。

夕食の仕度を始めようと思っていると、携帯電話が鳴った。竜崎からだ。

「はい、どうしたの？」

「八時から捜査会議だ。ちょっと時間があるから、いったん自宅に戻る」

「夕食は？」

「食べる」

「わかった」

電話が切れた。やはり、愛想がない。

八時から捜査会議ということは、捜査本部ができたのだ。今夜は泊まりだろう。

テレビで夕方のニュースが始まった。

火事と焼死体の続報があった。大森署と警視庁は殺人事件と見て、捜査を始めたということだ。

被害者の身元も判明しており、二十八歳の女性だった。

アナウンサーの声を聞いているうちに、またデジャヴを起こした。

やはり、過去に同様の事件についての報道を聞いたことがある。それがどんな事件だったのか思い出せない。

既視感に襲われるということは、過去によほど印象に残った事件があったということだろう。なのに、それに思い当たらないというのは不思議だ。

火事や焼死体について、過去に何か強く感じたという記憶がない。

もやもやした気持ちのまま、夕食の仕度を始めた。

竜崎は、午後六時過ぎに帰宅した。

美紀は今日も帰りが遅いという。邦彦も友人との飲み会だ。

二人で夕食を食べることになる。

竜崎はいつものように、ニュースを見ながら食事をする。

冴子は言った。

「ニュースを見ていると仕事のことを思い出すでしょう」

「もちろん思い出す」

「仕事のことを考えながら食事しても、おいしくないんじゃない?」

「そんなことはない。何を考えていようと、おいしいものはおいしいし、まずいものはまずい」

今さら冴子は、そのこたえにも驚かない。

ニュースで、また、焼死体の件が流れた。

「殺人事件だったのね」

「そうだ。捜査本部ができる。八時の会議には伊丹(いたみ)も来るそうだ」

伊丹俊太郎(しゅんたろう)は竜崎と同期の警視庁刑事部長だ。

冴子は、迷った末に、話してみることにした。

「ねえ、ちょっと気になることがあるんだけど」

竜崎はテレビの画面を見ながらこたえる。

「何だ?」

「火事と焼死体のこと」

「ああ……」

生返事だ。冴子はまず、昼前のニュースを見て、妙な既視感があったことを説明した。

竜崎がようやく冴子に眼を向ける。

「既視感？　どういうことだ？　事前にその事件のことを知っていたというのか？」

「そんなSFみたいなことがあるわけないでしょう」

「わからんぞ、人間、いつ特殊な能力が開花するかわからない」

「本気で言ってるの？」

「ある程度は本気だ。超能力などばかばかしいと否定する連中もいるが、俺は否定する根拠がなければ、否定はしない」

「おそらく、過去に似たような事件があって、その報道を見聞きしたときに感じたのと、同じことを感じた、ということだと思うの」

「それはどんな事件なんだ？」

「それが思い出せないの」

「思い出せない？　それはおかしいな。覚えていたからこそ、類似の事件だと感じたんだろう」

「そう。それが理屈よね。でも、本当に思い出せないの。過去の焼死体の事件なんて記憶にないし……」

「過去の焼死体か……」

竜崎は曖昧な口調で言った。

「警察では当然、類似の事件についても調べるのよね。似たような事件は過去になかった？」

「おい、俺をクビにする気か？　捜査情報は、相手がたとえ家族でも洩らせないんだ」

「それはわかっているけど、過去の類似の事件のことくらい、特別な捜査情報とは言えないでしょう」

「それでも捜査本部内の情報は洩らせない」

「じゃあ、考えてよ。どうして私がその事件のニュースを見たとき、デジャヴを起こしたのか」

竜崎があきれたように言う。

「おまえの頭の中のことなんてわからない」

「推理するのは得意でしょう？」

「俺は推理することなんて、別に得意ではない」

「でも理屈に合わないことは嫌いでしょう？」

「もちろん嫌いだ」

「理由もなくデジャヴを起こすなんて、理屈に合わないじゃない」

「そうだな。理由もなく、というのは理屈に合わないな。物事には必ず理由があるはずだ」

「じゃあ、その理由を考えてよ」

　竜崎は考え込んだ。そして言った。

「考えてもおそらくわからないだろう。デジャヴというのは、きわめて心理学的な出来事だ。おまえの個人的な意識に深く関わっているし、幼児体験に原因があるかもしれない」

「幼児体験？」

「深層心理というのはそういうものだ。おまえは過去に似たような事件があって、その報道を見聞きした経験が影響したのかもしれないと言った。その考え方は正しいと思う。ただ、その過去というのがいつのことなのかは不明だ。最近のことなのかもしれないし、はるか昔のことなのかもしれない。子供の頃にあった出来事の影響かもしれないんだ。おまえが子供の頃のことを、俺はほとんど知らない。だから、考えようがないんだ」

「理路整然としているけど、何のこたえにもなっていないわね」

「そんなことはない。今ここで考えても無駄だというこたえなんだ」

「わかったわ」

これが彼の合理性だ。

「それにな」

竜崎が言った。「警察がちゃんと捜査をしている。おまえがあれこれ考える必要はないんだ」

その言い方にかちんときた。そして、その一言で迷いが消えた。

実は竜崎に言われるまで、同じようなことを考えていた。自分の出る幕ではない、と。自分が事件のことを考えたところで何も始まらない。

竜崎は事件のことを自分に話せないし、自分には妙な既視感の原因について何の手がかりもない。

何日かすれば、デジャヴのことなど忘れてしまうかもしれない。

だが、今冴子は決意した。きっとこの謎を解いてやる。もう戸惑いも迷いもない。

食事を終えると竜崎は署に出かけた。

さて、行動開始だ。

冴子は思った。

2

まず、夕刊をリビングのテーブルに並べて、事件の詳細を調べることにした。竜崎家は、全国紙各紙を取っている。

火事の場所は大田区内の住宅街だった。一戸建てが全焼し、その中から焼死体が発見された。

失踪していた二十八歳の女性と、歯の治療痕が一致したため、遺体の身元が判明した。だが、まだその女性の氏名は公表されていなかった。

竜崎は捜査本部ができたと言った。殺人事件ということだ。殺人の被害者で焼死体。そして、氏名が公表されない。

冴子は、性的な犯罪の被害者なのではないかと考えた。被害者の年齢から考えても充分にあり得ることだ。

強姦殺人。そしてもし、犯人が家に火を付けたのなら放火の罪になるし、遺体を焼こうとしたのなら、死体損壊の罪になるかもしれない。

警察官の妻なので、いつしかそういう知識が身についた。

事件の詳細を知るうちに、何か思い出せそうな気がしてきた。

道に迷ってしばらく歩き回っているうちに、ようやく見覚えのある場所に出たような気分だ。ただ、まだ目的地が見えたわけではない。

さらに、続報がないか、夜のニュースを見た。続報はない。つまり、警察はその後何も発表していないということだ。

数紙の新聞記事を何度も読み返し、経緯を想像してみた。だが、記事はただ警察の記者発表を文字にしただけなので、具体的なことが頭に浮かんでこない。

腕組をして考え込んでいると、美紀が帰宅した。

「あら、新聞を並べて、何やってるの？」

「区内で火事があったの」

「火事……？」

「その現場から焼死体が発見されたの。どうやら殺人事件のようね。被害者は二十八歳の女性。おそらく性的な暴行を受けた上に殺されたんだと思うわ」

美紀は啞然（あぜん）として冴子を見つめていた。それに気づいた冴子は言った。

「なに？　どうしてそんなところに突っ立ってるの？」

「お母さん、どうしちゃったの？」

「何が？」

「今まで、どんな事件があったって、それについて調べようとしたことなんてなかったじゃない」

「ちょっと妙なことがあってね」

冴子は、今朝からの経緯を説明した。

美紀はリビングの出入り口に立ったまま話を聞いていた。それから、言った。

「とにかく着替えてくる」

「食事は？」

「済ませてきた」

美紀が部屋に行くと、冴子は、また腕組をしたまま、並べた新聞の見出しを睨(にら)んだ。

美紀が戻ってきて言った。

「つまり、今回の事件についてひっかかるものがあったということね」

「……というより、完全なデジャヴだった」

「聞いたことなかったけど、そういうことってよくあるの？」

「そういうこと？」

「デジャヴとか……」

「滅多にないわよ。精神的に不安定なティーンエイジャーじゃあるまいし」

「十代だからデジャヴが起きるというわけじゃないでしょう。私、そんな記憶ないし
……」

「でも、デジャヴってどういうものか知ってるのよね」

「知ってる」

「じゃあ、いつか経験したことがあるのよ。やっぱり十代の頃じゃないの？」

冴子は、十代の頃のことをはっきり覚えているわけではない。その頃は感受性が豊かだったと、勝手に自分で美化しているだけなのかもしれない。

娘は、十代を美化しなければならないほどの年齢になっていないということか。あるいは仕事に夢中で十代の頃のことなど思い出しもしないのかもしれない。

たしかに美紀は忙しいようだ。だから、最近あまり話をしていない。帰ってきても風呂に入って寝てしまうだけだ。リビングルームにもあまり顔を出さない。

だからこうして話をするのは久しぶりだった。

亡くなった被害者の方には失礼に当たるかもしれないが、事件のおかげとも言える。

美紀が尋ねた。

「それで、新聞記事を調べてどうしようっていうの？」

「過去に似たような事件があって、それが気になっているのかもしれないと思って、お父さんに訊いたのよ。そうしたら、捜査情報は家族にも洩らせないって……」

「まあ、そういうもんなんでしょう」

「そして、警察がちゃんと捜査をしているから、お母さんはあれこれ考える必要はないって……」

「あら、それって、むかつくわね」

「そうなのよ。だから、調べてやろうと思って……」

「それで、お父さんは？」

「捜査本部ができたと言っていたから、たぶん泊まりね」

「じゃあ、鬼の居ぬ間に、ってわけね」

「調べたって、事件が解決するとは思えないけど、すっきりしたいのよね」

「それで、手がかりは？」

「まだ何もわからない。記事を読んで、あれこれ想像してみようと思ったんだけど……」

「昔の火事の事件とか、調べてみたら？」

「どうやって？」

「うちは、新聞社何社かと記事のネット検索の契約をしているわよね」

「ええ、たしか、お父さんが……」

「それを使うのよ」

残念ながら、パソコンだのネットだのは苦手だ。

「どうやればいいか、よくわからない」

「それは私がやる。ちょっと待って、パソコンを持ってくるから……」

美紀は部屋からノートパソコンを持ってきた。立ち上げると、さくさくと検索を始める。

「ええと……、まず大田区内の火事の記事ね……。期間はどれくらい？」

「そうね……」

竜崎は、幼い頃の記憶が影響しているかもしれないというようなことを言っていた。だとしたら、期間はずいぶんと長くなるし、地区も大田区だけではなくなる。

膨大な記事を検索するには時間もかかるだろう。

何かの手がかりさえ得られればいいと考え、冴子は言った。

「取りあえず、一年間くらいかしら」

「オーケー。一年ね」

美紀は素速くキーボードを叩き、ポインタを動かす。

「わあ、火事ってたくさんあるのね……」

十一件の記事が出て来た。

「その中で、死者が出た火事は？」

「それも多い。死者が出るほうが多いのね……」

美紀は恐ろしげに言った。

そこに、邦彦が帰ってきた。

冴子と美紀の様子を見て言った。

「何やってんの？」

冴子は、美紀に言ったのと同じことを邦彦にも伝えた。男の子は女の子とは違う反応を見せる。

「へえ……」

邦彦は、興味なさそうな顔で言った。「何か食うものない？」

美紀が言う。

「あんた、飲み会だったんじゃないの？」

「飲んできたけど、なんか腹減ったんだよ」

若いのだから仕方がないと思う。冴子は言う。

「夜の残りがあるわ」

「それでいいよ」

「今、温める」

冴子が言うと、それを制して美紀が言った。

「お母さんは忙しいんだから、あんた自分でやりなさい。どうせ、遊んできたんでしょう」

「遊んできたというか、付き合いだよ」

「いいから、何か食べるなら自分で用意しなさいよ」

「わかったよ」

邦彦が台所でごそごそ始める。美紀が冴子に言った。

「夕食時にいなかったんだから、自分で用意すればいいのよ。それより、この記事を見て、何か思い出さない？」

この子は、だんだん父親に似てくる。冴子はそんなことを思いながら、七件並んでいる記事を順に見ていった。

何も思い浮かばない。冴子はかぶりを振った。

「じゃあ、もっと検索の時期を広げてみようか。三年くらいに……」

「ちょっと待って……」

冴子は言った。なんだか、それでは意味がないような気がしてきた。

「火事じゃないのかもしれない」

「火事じゃない……？」

「テレビのニュースで、アナウンサーの何かの言葉に反応したんだと思う」

「どんな言葉なのかしら……」

冴子はふと気づいて言った。

「あなた、お風呂入って寝なきゃ」

「お母さん。今日は金曜日。明日は休みよ」

「珍しいわね。土日はたいていイベントに駆り出されるのに……」

「私もぼちぼち、そういう役目からは解放される時期なのよ」

明日美紀が休みだと聞いて、なぜか冴子もほっとしていた。

「そうなのね」

「だから、とことん付き合えるわよ」

「そんな必要はないわよ」

「火事とか焼死体とかじゃなくて、別なことに反応したのかもしれないと言うのね？」

「そう思うわ」

「何なのかしらねえ……」

そのとき、邦彦がまた顔を出した。もう食べ終わったらしい。彼はぶっきらぼうな口調で言った。

「焼けたの、空き家だったんだろう？　それなのに焼死者が出たんだ」

美紀が邦彦に言った。

「被害者はたぶん暴行されて、殺されていたんですって。殺人事件よ」

そのとき、冴子は「あっ」と声を上げていた。

美紀と邦彦が同時に冴子を見た。美紀が尋ねる。

「どうしたの、お母さん」

「それよ……」

冴子は邦彦を指さして言った。邦彦は訳がわからないといった顔で冴子を見返している。

「それって、何のことだよ」

邦彦に言われて、冴子はこたえた。

「空き家よ。アナウンサーの空き家という言葉に反応したんだわ」

美紀がぽかんとした顔で言う。

「空き家……」

「そう。空き家に関連した事件がないかどうか、検索してみて」

「空き家は、このところけっこう問題になっているから、関連記事は多いかも……」

「空き家問題の記事じゃなくて、空き家が絡んだ事件の記事よ」

「わかった」

美紀がパソコンのキーを叩く。その姿を見ながら、邦彦が言った。

「何だか知らないけど、俺、役に立ったようだな」

冴子は言った。

「たまには役に立ってもらわないとね」

邦彦は肩をすくめてから、リビングルームを出て行った。自分の部屋に行ったのだろう。

美紀が言った。

「やっぱり空き家問題の記事はたくさんあるけど、関連の事件となると、極端に少なくなるわね」

「何件くらいある？」

「この一年間では、一件だけ。殺人事件よ」

冴子は思い出した。

「空き家の中で遺体が発見された件ね」

「そう。殺人事件だけど、犯人はまだつかまっていない」

「その記事を見せて」

美紀は、ノートパソコンのディスプレイを冴子に向けた。冴子は表示されている新聞記事を読みはじめた。

横書きになっただけで、新聞記事という感じがしなくなる。できれば、新聞の切り抜きのように、紙面をそのまま表示してもらえないだろうかと、冴子は思う。

新聞の記事のレイアウトは、ぱっと見てすぐに把握できるように、さまざまな工夫がされているそうだ。

字詰めも速読できるように考え抜かれているらしい。だから、冴子の世代には読みやすいし、見出しでたいていのことが理解できる。

だが、横書きになり、見出しの大きさも均一になってしまうと、すぐに頭には入ってこないのだ。

若い世代にとっては横書きのほうが読みやすいのだと言う。漫画のフキダシは縦書きなので、小学生にとっては、漫画ですら読みにくいのだという話を聞いたことがある。

殺人の被害者は、三十歳の女性だった。やはり性的暴行の痕跡があったということだ。

「思い出した……」

冴子は言った。「このニュースをテレビで見たとき、空き家は危険だと思ったの。空き家さえなければ、女性が被害にあわなかったかもしれない、なんて思った……。きっと、今朝も同じことを考えたんだと思う。だから、既視感があったんだわ」

「でも……」

美紀が眉をひそめる。「デジャヴを起こしたとき、お母さんは焼死体が殺人の被害者だってことを、まだ知らなかったんでしょう？」

「だから、殺人の被害者がどうのという話じゃないの。かつて、空き家が殺人の現場になった。そして、今度は空き家が火事になった。空き家が何かとトラブルになっている。そのことが気になったのよ」

「なるほどね。そうしたら、今回も殺人事件だったということね」

冴子はうなずいた。

「前の事件が起きたのが、ちょうど一年ほど前ね。同じ犯人かしら……」

美紀の言葉に、冴子はきっぱりとうなずいた。

「同じ犯人だと思う」

「根拠は？」

「共通点が多いでしょう。両方とも若い女性を狙った犯罪よ。そして現場が空き家だった」

「女性を襲って殺そうと思ったら、人気（ひとけ）のない場所を選ぶでしょう。たまたまそれが空き家だったということもあり得るわ」

「でも、手口が似ていると思う」

「確証はないわ。こういう犯罪はどれも手口が似ていると思う」

「あなた、言うことが本当にお父さんに似てきたわね」

「似てる?」

「理屈っぽいところがそっくり」

「そうかしら」

「とにかく、これは同一犯だと思う。だからこそ、既視感があったんだと思うわ」

「お母さんの既視感は、根拠にはならないでしょう」

「確かだと思う。警察官の妻の勘よ」

「それも当てにはならない」

「問題は、犯人が誰かってことよね」

美紀が驚いた顔になった。

「なあに。デジャヴの理由を知りたいだけじゃなかったの?」

「せっかくここまで調べたんだから、もっと調べてみたいじゃない」

「それこそ、お父さんたち警察の仕事よ」

「もちろん、それはわかってる。お父さんの仕事の邪魔はしないわ」

「お母さんの道楽ってこと?」

「まあ、そういうことかしら……」

「道楽で犯罪捜査に関わるなんて、すごく不謹慎だと思う」

「じゃあ、道楽という言い方はやめるわ。純粋な好奇心ね」

美紀があきれた顔で言った。

「あたしの手伝いは、ここまでね」

「ちょっと待って。検索した記事をプリントアウトしてちょうだい」

「しょうがないわね」

美紀は再びパソコンを操り、記事を印刷してくれた。美紀と邦彦、それぞれがプリンターを持っていて、美紀は自分の部屋から印刷された記事を持ってきてくれた。

「じゃあ、お風呂に入るわね」

美紀がリビングルームから去り、一人になった冴子は印刷された新聞記事を繰り返し読んだ。

そして、過去と今朝の両方の犯罪の経緯をつぶさに想像してみた。

警察官のように実際の犯罪現場を知っているわけではない。想像の内容はテレビの二時間ドラマと大差ないだろう。

それでも恐ろしかった。

都会の空き家。それは、防犯上の死角だ。住宅地は繁華街に比べて犯罪も少なく安全だという認識がある。

そこに、突然出現する危険ゾーンだ。通行人の視線から隔絶した空間なのだ。空き家には、老朽化による事故だけでなく、さまざまな危険が潜んでいるのだ。

犯人はその空き家に眼をつけたのだろう。

前回の犯行で捕まらなかったので、味をしめたということだろうか。では、なぜ犯人は捕まらなかったのだろう。

殺人などの重要事案の検挙率は依然として高い。性犯罪の場合は遺留品も多いと聞いている。

その日、冴子は深夜まで集めた新聞記事を見つめて考え込んでいた。大田区の地図も参照した。

そして、次第に頭の中であるストーリーが形成されていった。

3

翌日は土曜日で、美紀は遅くまで寝ており、邦彦は用事があると言って朝早くに出かけて行った。

冴子はゆっくりと朝食を食べ、テレビのニュースを見ていた。火事と焼死体についての続報はなかった。

捜査はどこまで進んでいるのだろう。

昨夜、冴子の頭に浮かんだ筋書きは、推論と呼べるほど理屈の通ったものではない。

だが、充分にあり得る話だと思っていた。

昼近くに美紀が起きてきて、朝昼兼用の食事をとった。

思いついたことを、美紀に話してみようかと思った。だが、笑われるのがオチだという気がした。

「今日の予定は？」

冴子が尋ねると、美紀がこたえた。

「休息。とにかく、体と頭を休めるわ」

そう言って部屋に閉じこもった。

冴子は、昨夜考えたことをもう一度検討してみた。一晩経って冷静になると、なんとばかばかしいことを考えていたのだろうと思うようなこともある。

考えれば考えるほど、ありそうな気がしてきた。警察ではどう考えているのだろう。もう容疑者は浮かんでいるのだろうか。

自分の考えと比較してみたい。だが、捜査情報を知ることはできない。まさか、こちらから竜崎に連絡を取るわけにはいかない。犯人が逮捕されたときに、はじめて、自分の考えが合っていたかどうかを確認できるだろう。

そう、それでいいのだ。

冴子はそう思い、買い物に出かけようとした。

そのとき、携帯電話が鳴った。竜崎からだった。

「どうしたの?」

「今日の夕方帰宅する。夕食はうちで食べる」

「事件が解決したの?」

「いや、そうじゃない。また署に戻る。昨日と同じで、捜査会議までちょっと時間がある」

「わかったわ」

「じゃあ……」

電話が切れた。

容疑者のことを訊きたかったが、尋ねたとしてもどうせこたえてはくれないだろう。

夕食はいつもどおり用意をしなければならない。今のうちに買い物に行こう。冴子は立ち上がった。


「夕食を済ませたら、またすぐに署に戻る」

竜崎は帰ってくると、そう言った。

夕食までの時間、彼はリビングルームで新聞を読んでいる。ニュースをやっていない時間帯は、あまりテレビをつけない。

「あら、お父さん」

美紀が自分の部屋から出て来て言った。「帰ってたの？」

「すぐにまた署に戻る。おまえこそ、早いじゃないか」

「今日は休みよ」

邦彦は帰ってこない。三人で食卓を囲んだ。

ニュースが放映される時間なので、竜崎はテレビのスイッチを入れた。

美紀が言った。

「事件はどうなったの？」

竜崎はテレビに眼をやったままこたえる。

「捜査中だ」

「犯人の目星は？」

臆することなく、こういう質問をできるのは、娘の強みだと、冴子は思う。竜崎も平然とこたえる。

「まだわからない」

「あら、お母さんは見当がついたみたいよ」

竜崎が視線を、テレビから美紀に移した。それから、冴子を見る。

「見当がついたって、どういうことだ？」

冴子は小さく肩をすくめただけだった。代わりに美紀がこたえた。

「お母さんは、昨日、ずっと事件のことを調べていたの」

竜崎が冴子に尋ねる。

「どうしてそんなことを……」

冴子はこたえた。

「既視感が気になって……。最初はその理由を知ろうと思ったの。それが判明したら、次に事件そのものについて調べたくなって……」

「犯人の見当がついたというのはどういうことだ。警察はまだ、容疑者も参考人も発表していない」

「容疑者を特定したわけじゃない。犯人はどういう人なのかを考えたわけ」

「犯人像を割り出したということか。プロファイリングだな」

「そんな大げさなものじゃないわ」

「聞かせてくれ」

「驚いた。あなたがそんなことを言うとは思っていなかった」

「どうしてだ？」

「警察がちゃんと捜査をしているから、私があれこれ考える必要はないと言ったでしょう」

「必要はない。だが、考えたのなら、聞かせてほしい。捜査の参考になるかもしれない」

「素人の考えが参考に？」

「いつどんなものが参考になるかわからない。俺は捜査に役立つのなら何でも利用する」

冴子は、話しはじめた。

「まず、既視感の理由について話すわ。原因は、過去にあった殺人事件よ」

冴子は、かつて区内で起きた強姦殺人事件について話した。

「その事案のことは、もちろん覚えている。だが、その事案と今回の事案との関連がわからない」

「空き家よ。犯行の現場がどちらも空き家だったの」

「たしかにそうだが、それが関連と言えるかどうか……」

「私がデジャヴを起こしたのは、理屈じゃないから……」

「たしかに感覚的なものだろうな」

「そして、私は二つの事件について考えてみた。すると共通点が多いことに気づいたの。まず被害者に共通点がある。現場に共通点がある。犯行の方法にも共通点があるように思えるの」

竜崎は驚いたように言った。

「待て。二つの事件の犯人が同一だというのか？」

「そう考えても不自然じゃないと思う」

「捜査員でそんなことを言いだしたやつはいない。その空き家殺人のことなど、誰も言い出さなかった」

「気づいていないだけかもしれない」

それまでじっと話を聞いていた美紀が言った。

「お母さんが言っていること、けっこう納得できるんだけど」

竜崎は思案顔だった。

「連続強姦殺人か……。そんなことは、まったく考えていなかった」

冴子は言った。

「まあ、素人考えですからね。捜査のプロから見ると、話にならないかもしれないわね」

「ちょっと待ってくれ。最初から考え直さなければいけないんだ」

「過去の空き家殺人の犯人が捕まらなかった理由を考えてみたの。おそらく、計画的だったのね。そして、証拠を丁寧に消した。今回の事件では、同じように証拠を消そうとしたけど、やり方が大胆になった……」

「証拠を消すために火を付けたということか」

「前回の犯行で、証拠を消していくのがいかにたいへんかを思い知ったんだわ。火を付けて燃やしてしまうほうがずっと簡単だと気づいたのよ」

竜崎は無言で考え込んだ。

冴子はさらに言った。

「そして、同一犯だとしたら、どういう人が考えられるか……。私はどうしても空き家が気になるの」

「空き家……？」

「そう。それがデジャヴの原因だったからかもしれないけど、空き家が二つの事件の大きな要素だと感じるわけ。そして、犯人は空き家の情報に接することができる人物だという気がする」

竜崎は、冴子をしばらく見つめていた。そんな竜崎をあまり見たことがないので、冴子は少々うろたえた。

「どうしたの？　私が何か変なことを言った？」

「話を聞いた人物の中に、区役所の空き家対策担当の部署の者がいるんだ」

竜崎はそそくさと食事を終えて、署に戻っていった。捜査本部で、今冴子が言ったことについてもう一度検討したいと言った。

そして、被疑者逮捕、さらに犯行の自白の知らせがあったのは、その日の深夜のことだった。

冴子が考えたとおり、過去の空き家殺人もその人物の犯行だということだった。それを聞いたとき、冴子自身がびっくりしていた。

朝になって帰宅した竜崎が言った。

「たまには素人の意見も参考になるものだ」

「警察官の妻をなめちゃだめよ」

「俺ではなく、妻が考えたことだと言ったが、誰も信じてくれなかった。俺の手柄みたいになってしまった」

「だめよ」

「何がだめなんだ」

「妻が考えた、なんて言っちゃ」

「本当のことじゃないか」

「夫の手柄は妻の手柄」

冴子は言った。「内助の功ですからね」

あとがき

大崎　梢

はじめましての方も、お馴染みになってくださった方も、こんにちは。アミの会（仮）のアンソロジー第四弾をお届けします。

美味しいものを食べながらおしゃべりを楽しみ、本も作っちゃおうという欲張りな会ですが、やるからには全力投球。第一弾『捨てる』、第二弾『毒殺協奏曲』、第三弾『隠す』と、おかげさまで好評をいただいております。舞台裏を明かしますと、企画そのものが参加メンバーの話し合いをもとに進められていくので、原稿が集まって、いざ本になる頃、すでに次の企画が立ち上がっています。テーマや参加者といった核になる部分ですね。

今回の第四弾では、ゲストを加えての二巻本という枠組みが当初に決まり、どうせなら対になるタイトルにしたいということになり、いろんな案が出ました。「出会い」と「別れ」、「陽」と「陰」、「冬至」と「夏至」、「色」と「音」、「濃い」と「淡い」。今こうして眺めてみても、何が描かれるのかとわくわくしてきます。アンソロジーは書き手の意欲をかきたてるテーマであることも重要ですが、いかに読者の興味を引き、広がりを予感させるかもだいじだそうです。これまで評判になったアンソロジー、じっさいにメンバーが参加した本や思わず手に取った本など、脱線しつつのこぼれ話も楽しかったです。スペースの都合で紹介できず、すみません。

　にぎやかにゆるゆると意見交換が続く中、誰もが書店をよく利用しています。二冊同時刊行がかなえば、店頭に並べてくれるところもあるのでは。そのとき二冊で熟語になるタイトルは面白いねとアイディアが出ました。そこで登場したのが「迷」と「惑」、「旅」と「路」。「旅路」も人気があったのですが、「迷惑」はかけてしまったり、かけられたり、ほろ苦い思いが自然と湧き上がる言葉です。いくつになっても迷う。惑わされる。含蓄も多そう。全員の賛同を得て決まりました。

　そしてゲストは四人の男性にご依頼。お忙しいところをご快諾いただき、『迷　まよう』には大沢在昌さん、乙一さん、『惑　まどう』には今野敏さん、法月綸太郎さん、力のこもった作品がそれぞれ収録されました。アンソロジーならではの楽しみ、同じテーマをふまえての豊かなバリエーションや新しい気づき、異なる個性の化学変化など、さらに押し広げてもらいました。メンバー一同、心よりお礼申し上げます。

　さて。ここまでお読みになったところで、賢明なる皆さまは、第四弾が本になる今日この頃、すでに第五弾の準備が始まっているんだろうなとお考えかもしれません。鋭いです。素晴らしいです。それはもうばっちりと、胸を張って予告のひとつもできたらいいのですが、言わぬが花という言葉もありますし。何事もゆるゆると進めております。どうぞお待ちください。

そうそう、テーマとしてあげたけれど渋る人が多くてボツ、というのも残念ながらあります。たとえば私が提案した「恋」と「愛」。乗ってくれる人がいなかった。いやいや私だって得意分野ではないのですが、目を引くテーマと思ったんですよね。でも、美味しいものを食べに行く話にはフットワークが軽く乗りがいいのに、愛とか恋とかはたちまち「パスっ」の乱舞。今のところアミの会（仮）の基本スタンスはそんな感じです。

今後のことはわからないので、何作目かには浮いた話も登場するかも。そのあたりも含め、末永くお付き合いください。

本書は二〇一七年七月に単行本として新潮社から刊行されました。

実業之日本社文庫　最新刊

泉ゆたか
朝の茶柱　眠り医者ぐっすり庵
今日はいいこと、きっとある――藍の伯父が営む茶問屋で眠気も覚める大騒動が!?　眠りと心に効く養生所〈ぐっすり庵〉の日々を描く、癒しの時代小説。
い172

いぬじゅん
北上症候群
遠距離恋愛に会社倒産。傷だらけの心で深夜特急に乗り、神戸からひとり恋人のいる札幌へ旅立つが、そこで待っていたのは…!?　人生に勇気をくれる感涙作!
い182

草凪優
私を抱くと死ぬらしい
売れなくなったモデルの清奈。ある日、彼女を抱いた男が死んだ――。その後も、負の連鎖が止まらない。恐怖とエロスが交錯する、超官能サスペンス!
く610

辻真先
夜明け前の殺人
千秋楽の舞台で主演女優が服毒死した。警察は自殺と断定するが、他殺を疑う弟が真相究明に乗り出す――レジェンドが二十世紀末に発表した傑作、初文庫化!
つ51

堂場瞬一
ザ・ウォール
掟破りの新球場で開幕を迎えたスターズ。無茶振りオーナーに翻弄されながらも、名門復活を期する新監督の采配を描く。野球小説の旗手が放つ革命的一作!
と117

水生大海
ランチ探偵　彼女は謎に恋をする
大仏ホームの二人にはコロナ禍でも新たな出会いが。しかし、合コン相手が持ち込む謎に、ミステリー好きの天野ゆいかは目を輝かせ……!?（解説・青木千恵）
み93

南英男
虐殺　裁き屋稼業
内部告発者の死、そしてさらなる犠牲者が――悪辣企業の密謀を暴き出せ!　不正の真相をめぐり闇の探偵コンビが格闘する、傑作クライムサスペンス!
み722

アミの会（仮）
大崎梢／加納朋子／今野敏／永嶋恵美／法月綸太郎／松尾由美／光原百合／矢崎存美
惑　まどう
豪華ゲストを迎えた実力派女性作家集団「アミの会（仮）」が贈る、珠玉のミステリ小説集。短編の名手8人が人生で起こる「惑う」時を鮮やかに切り取る!
ん83

実業之日本社文庫　好評既刊

アンソロジー　初恋
アミの会（仮）
大崎 梢／篠田真由美／柴田よしき／永嶋恵美／新津きよみ／福田和代／松村比呂美／光原百合／矢崎存美

短編の名手9人が豪華競作！　年齢や経験を重ねていても「はじめて」の恋はあって――おとなのための切なくて、ちょっとノスタルジックな初恋ストーリー。

ん81

迷　まよう
アミの会（仮）
大沢在昌／乙一／近藤史恵／篠田真由美／柴田よしき／新津きよみ／福田和代／松村比呂美

豪華ゲストを迎えた実力派女性作家集団「アミの会（仮）」が贈る、珠玉のミステリ小説集。短編の名手8人が人生で起こる「迷う」時を鮮やかに切り取る！

ん82

モップの魔女は呪文を知ってる
近藤史恵

新人看護師の前に現れた〝魔女〟の正体は？　病院やオフィスの謎を「女清掃人探偵」キリコが解決する人気シリーズ、実日文庫初登場。（解説・杉江松恋）

こ31

演じられた白い夜
近藤史恵

本格推理劇の稽古で、雪深い山荘に集められた役者たち。劇が進むにつれ、静かに事件は起きていく。脚本の中に仕組まれた真相は？（解説・千街晶之）

こ32

モップの精と二匹のアルマジロ
近藤史恵

美形の夫と地味な妻。事故による記憶喪失で覆い隠された、夫の三年分の過去とは？　女清掃人探偵が夫婦の絆の謎に迫る好評シリーズ。（解説・佳多山大地）

こ33

実業之日本社文庫　好評既刊

近藤史恵
天使はモップを持って
キュートなおそうじの達人は、汚れも謎もクリーンに解決！　シリーズ20周年を記念して大人気〈清掃人探偵・キリコ〉第一巻が新装版で登場！（解説・青木千恵）
こ34

近藤史恵
モップの精は深夜に現れる
おしゃれでキュートな清掃人探偵・キリコが、日常の謎をクリーンに解決する人気シリーズ第2弾！　オフィスのゴミの量に謎解きの鍵が!?（解説／大矢博子）
こ35

近藤史恵
モップの精は旅に出る
〈清掃人探偵・キリコ〉シリーズ最新刊初文庫化！　事件も悩みもクリーンに解決するキュートなキリコが、目的地も告げず旅に出た……!?（解説・藤田香織）
こ36

新津きよみ
夫以外
亡夫の甥に心ときめく未亡人。趣味の男友達が原因で離婚されたシングルマザー。大人世代の女が過ごす日常に、あざやかな逆転が生じるミステリー全6編。
に51

新津きよみ
妻の罪状
いちばん怖いのは、家族なんです——遺産相続、空き家、8050問題……家族関係はどんでん返しの連続。名手によるホラーミステリ7編収録のオリジナル短編集！
に52

実業之日本社文庫　好評既刊

福田和代
走れ病院
地域医療危機×青春お仕事小説。元サラリーマンで医師免許を持たない主人公は、父の遺した市で唯一の大型病院を倒産から救えるか!?（解説・村田幸生）
ふ41

今野 敏
デビュー
昼はアイドル、夜は天才少女の美和子は、情報通の作曲家や凄腕スタントマンら仲間と芸能界のワルを叩きのめす。痛快アクション。（解説・関口苑生）
こ27

今野 敏
殺人ライセンス
殺人請け負いオンラインゲーム「殺人ライセンス」の通りに事件が発生!?　翻弄される捜査本部をよそに、高校生たちが事件解決に乗り出した。（解説・関口苑生）
こ28

今野 敏
叛撃
空手、柔術、スタントマン……誰かを、何かを守るために闘う男たちの静かな熱情と、迫力満点のアクションが胸に迫る、傑作短編集。（解説・関口苑生）
こ29

今野 敏
襲撃
なぜ俺はなんども襲われるんだ——!?　人生を一度は放棄した男と捜査一課の刑事が、見えない敵と闘う痛快アクション・ミステリー。（解説・関口苑生）
こ210

実業之日本社文庫　好評既刊

今野 敏
マル暴甘糟
警察小説史上、最弱の刑事登場!? 夜中に起きた傷害事件は暴力団の抗争か半グレの怨恨か。弱腰刑事の活躍に笑って泣ける新シリーズ誕生!（解説・関根 亨）
こ2 11

今野 敏
男たちのワイングラス
酒の数だけ事件がある——茶道の師範である「私」が通うバーから始まる8つのミステリー。『マティーニに懺悔を』を原題に戻して刊行!（解説・関口苑生）
こ2 12

今野 敏
マル暴総監
史上〝最弱〟の刑事・甘糟が大ピンチ!? 殺人事件の捜査線上に浮かんだ男はまさかの……痛快〈マル暴〉シリーズ待望の第二弾!（解説・関口苑生）
こ2 13

今野 敏
潜入捜査　新装版
今野敏の「警察小説の原点」ともいえる熱き傑作シリーズが、実業之日本社文庫創刊10周年を記念して装いも新たに登場! 囮捜査の行方は…。（解説・関口苑生）
こ2 14

今野 敏
排除　潜入捜査〈新装版〉
日本の商社が出資した、マレーシアの採掘所の周辺住民が白血病に倒れた。元刑事が拳ひとつで環境犯罪に立ち向かう、熱きシリーズ第2弾!（解説・関口苑生）
こ2 15

実業之日本社文庫　好評既刊

今野 敏
処断　潜入捜査〈新装版〉
魚の密漁、野鳥の密猟、ランの密輸の裏には、姑息な経済ヤクザが――元刑事が拳ひとつで環境犯罪に立ち向かう熱きシリーズ第3弾！（解説・関口苑生）
こ2 16

今野 敏
罪責　潜入捜査〈新装版〉
廃棄物回収業者の責任を追及する教師と、その家族にヤクザが襲いかかる。元刑事が拳ひとつで環境犯罪に立ち向かう熱きシリーズ第4弾！（解説・関口苑生）
こ2 17

今野 敏
臨界　潜入捜査〈新装版〉
原発で起こった死亡事故。所轄省庁や電力会社は、暴力団を使って隠蔽を図る。元刑事が拳ひとつで環境犯罪に立ち向かう熱きシリーズ第5弾！（解説・関口苑生）
こ2 18

彩瀬まる
桜の下で待っている
桜の季節に新幹線で北へ向かう五人。それぞれの行く先で待つものは――心のひだにしみこんでくる「ふるさと」をめぐる連作短編集。（解説・瀧井朝世）
あ19 1

秋吉理香子
婚活中毒
この人となら――と思った瞬間、あなたは既に騙されている！　人生はどんでん返しの連続。幸福を願うすべての人へ贈る婚活ミステリー。（解説・大矢博子）
あ23 1

実業之日本社文庫　好評既刊

乾 ルカ
あの日にかえりたい
地震の翌日、海辺の町に立っていた僕がいちばんしたかったことは……時空を超えた小さな奇跡と一滴の希望を描く、感動の直木賞候補作。（解説・瀧井朝世）
い61

乾 ルカ
森に願いを
いじめ、恋愛、病気…希望を失い森に迷い込んだ人々に、森番の青年が語り掛けた言葉は――思わず深呼吸したくなる癒しのミステリー。（解説・青木千恵）
い62

伊吹有喜
彼方の友へ
「友よ最上のものを」戦中の東京、雑誌づくりに情熱を抱いて歩む人々を、生き生きとした筆致で描く感動傑作。第158回直木賞候補作。（解説・瀧井朝世）
い161

宇佐美まこと
少女たちは夜歩く
魔界の罠にはまったら逃げられない――森の中で不可解な悲劇に見舞われる人々。悪夢を見た彼らに救いの時は？　戦慄のホラーミステリー！（解説・東 雅夫）
う71

北川恵海
真夜中のメンター　死を忘れるなかれ
彼の肩書はメンター。自殺志願少年、足を引っ張りたい女など、客の相談を聞き、解決に乗り出すが……。すべての悩める人に贈る、人生応援ストーリー！

き61

実業之日本社文庫 ん83

惑 まどう

2022年2月15日 初版第1刷発行

著 者 アミの会(仮) 大崎梢 加納朋子 今野敏 永嶋恵美
法月綸太郎 松尾由美 光原百合 矢崎存美

発行者 岩野裕一
発行所 株式会社実業之日本社
〒107-0062 東京都港区南青山 5-4-30
emergence aoyama complex 2F
電話 [編集]03(6809)0473 [販売]03(6809)0495
ホームページ https://www.j-n.co.jp/

DTP ラッシュ
印刷所 大日本印刷株式会社
製本所 大日本印刷株式会社

フォーマットデザイン 鈴木正道(Suzuki Design)

ISBN978-4-408-55717-5（第二文芸）